百華王の人界降臨

AI SATOKO
砂床あい

CHOCOLAT BUNKO

ILLUSTRATION ホン・トク

C O N T E N T S

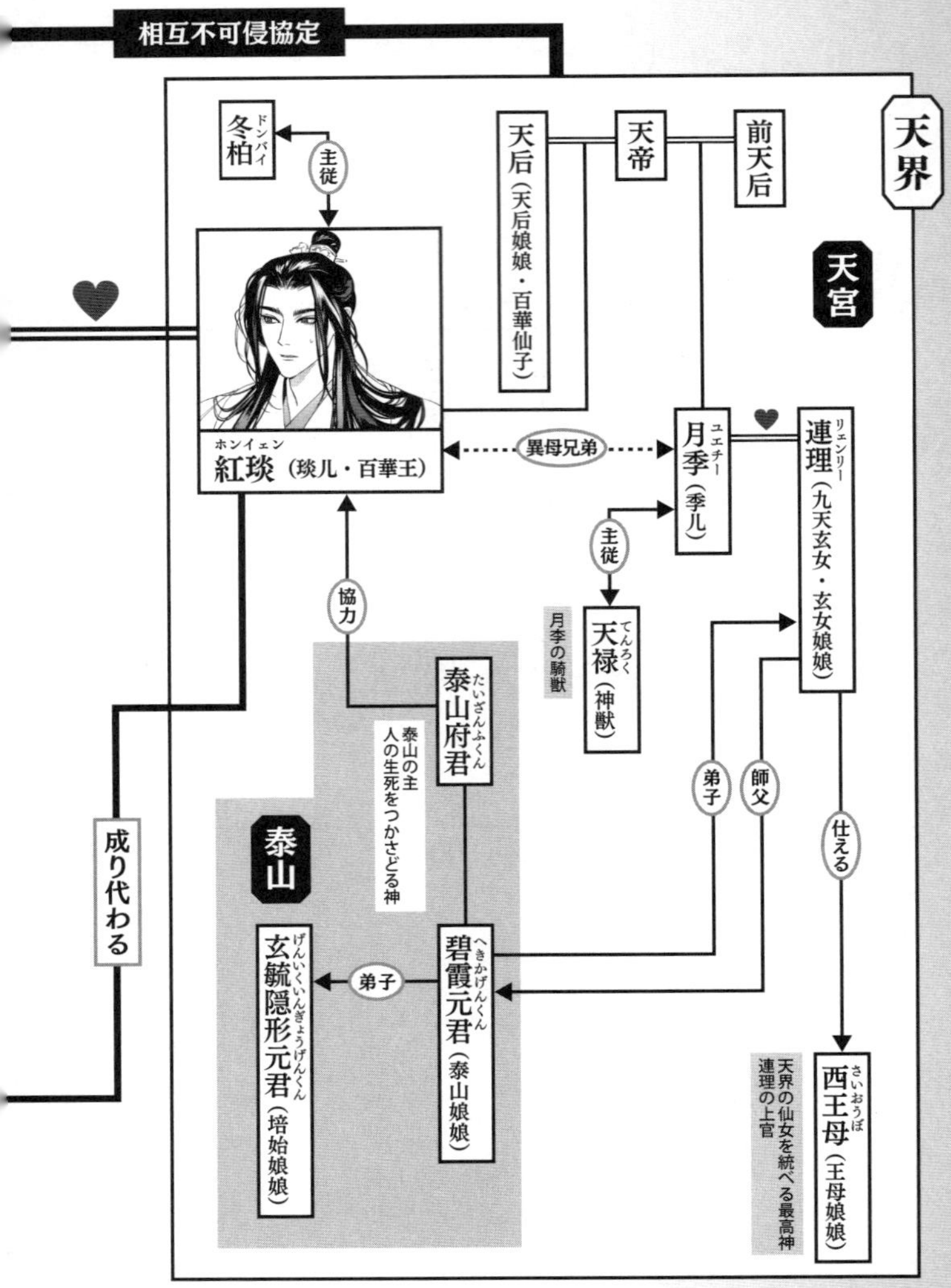
相互不可侵協定
天界
天宮
冬柏《ドンバイ》
主従
紅琰《ホンイェン》（琰儿・百華王）
天后（天后娘娘・百華仙子）
天帝
前天后
異母兄弟
月季《ユエチー》（季儿）
連理《リェンリー》（九天玄女・玄女娘娘）
主従
天禄《てんろく》（神獣）
月季の騎獣
協力
泰山府君《たいざんふくん》
泰山の主
人の生死をつかさどる神
泰山
弟子
師父
仕える
碧霞元君《へきかげんくん》（泰山娘娘）
弟子
玄毓隠形元君《げんいくいんぎょうげんくん》（培始娘娘）
西王母《さいおうぼ》（王母娘娘）
天界の仙女を統べる最高神
連理の上官
成り代わる

天族（神仙）が住まう天界・魔力を手に入れ天界転覆を謀ったものの敗れ、天界から追放された邪神が始祖となった魔族が住まう魔界・人間が住まう人界に三分される世界。

　天族と魔族の不和は紅琰と雨黒燕の結婚を機に表向き終結したが、未だに火種は燻っている。

　一方、紅琰と確執があった兄・月季は天族の連理と夫婦となる。だが連理が男であったため、月季は子を成す為に玄鳥の卵を飲んだのだった。

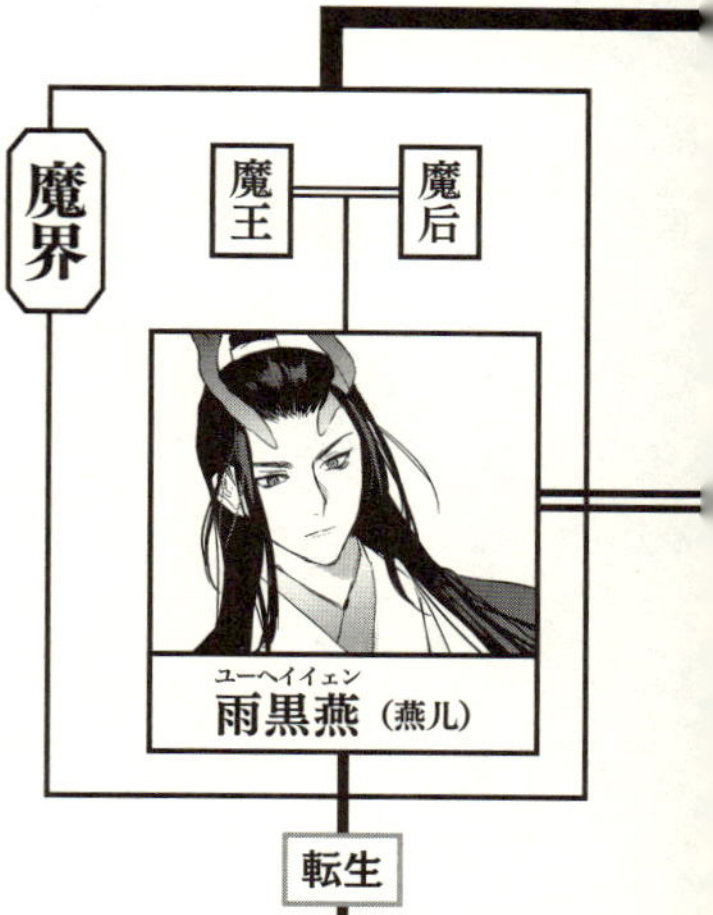

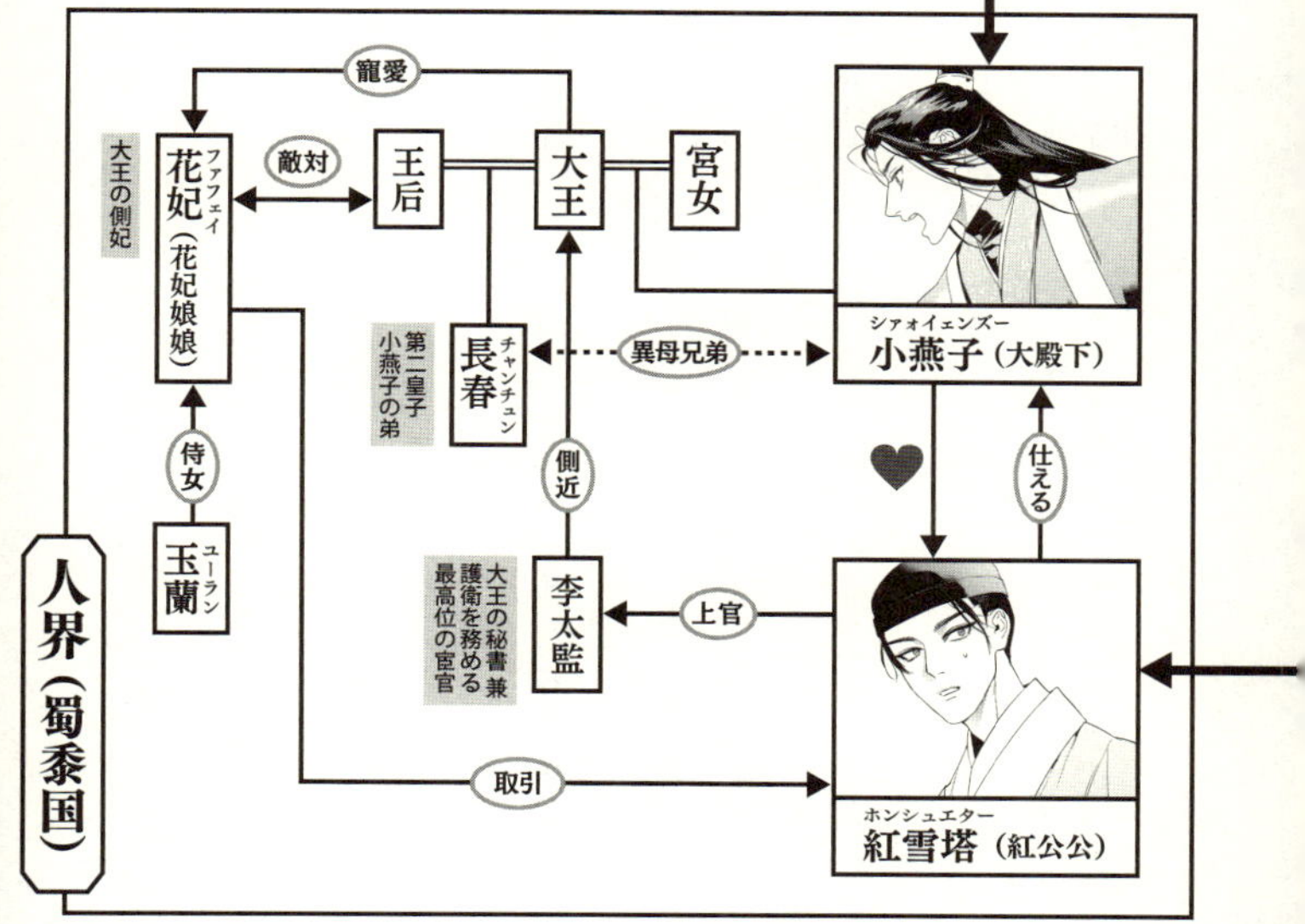

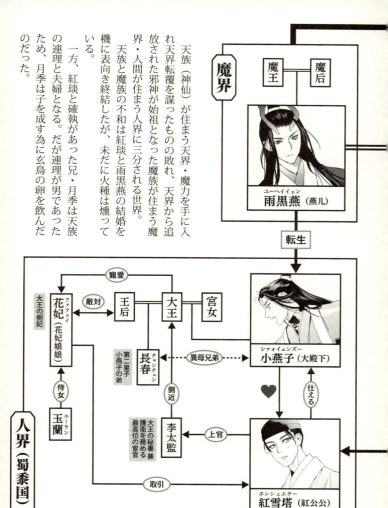

【第一篇】


夜が深まるにつれ、魔界独特の瘴気は強まってくる。男女ともに陰の気を帯びた魔族はなんら痛痒《つうよう》を感じないが、影響を受けやすい凡の人間ならひとたまりもないだろう。

そのような魔界にも唯一、陽の気に満ち満ちている場所がある。魔王太子妃・紅琰《ホンイエン》が住まう東宮《とうぐう》だ。

王太子妃が天族であることを鑑《かんが》みれば、当然の理《ことわり》と言えよう。男神でありながらその身に種を宿せる彼は、天帝の第二皇子として天界に生まれ育ち、陽の気を用《もち》いて霊力を修練している。

三界の愛を司り、百華王《ひゃっかおう》の庭の主にして天界一の花花男子《プレイボーイ》と謳《うた》われた紅琰が、魔王の世子《せいし》と成婚してから五百余年。ふたりの婚姻によって、長く続いた天界と魔界の不和は終結した――少なくとも、表向きは。

「紅琰殿下の御髪《おぐし》は本当にお美しいですね。香油も使っていないのに、牡丹《ぼたん》の華やかな香りがいたしますわ」

背後で髪を結わう侍女を鏡越しに見て、紅琰は黙ったまま微笑んだ。

王太子妃付きの侍女といっても、彼女の正体が魔王直属の諜報員、暗衛《あんえい》ということくらいは察している。王太子との間に子が生まれようとしているいまも、まだ魔王は天界に対して警戒を解いていないということだろう。特に虐《しいた》げられているわけではないから、紅琰も見て見ぬふりを続けている。

「あとは自分でやるから下がりなさい」

髪冠に牡丹の蕾を模した花苞笄《ファバオジー》を挿し、紅琰は侍女を下がらせた。花苞笄は世に二つとない神器であり、主たる紅琰だけがその姿を剣に変えて使いこなすことができる。

（しばらく使ってないが、これも平和な証拠か……）

大きな鏡の中に、かつては天界一の色男と称された美貌《びぼう》が映っている。湯あみをすませ、あとは夫君《フージュン》の来臨を待つばかりの貞淑《ていしゅく》な夫《つま》の顔だ。三界を遊歴《ゆうれき》し、多くの女と浮名《うきな》を流した以前の自分からは想像もつかない姿に、しみじみとしたときだった。

「王太子のおなり」

先ぶれの声に、紅琰は立ち上がった。

従者を引き連れて現れた雨黒燕《ユーヘイイェン》――『王太子殿下』を拝礼で迎える。

「王太子殿下に拝謁《はいえつ》を」

「礼などよい。皆、さがれ」

「是《はい》」

すべてを心得た従者たちは、そそくさと扉を閉めて立ち去った。ふたりきりになるや否や、彼は黒い袍の裾を翻《ひるがえ》し、紅琰を抱き締める。

「会いたかった、紅琰！」

「燕儿《エンアール》……。今朝も、ここからそなたを送り出したばかりではないか」

「半時でも会わねば恋しい」

飽きもせず繰り返される日常会話に、紅琰は苦笑いするしかない。いや、始末に負えないのはむしろ、夫君のこんな姿さえ愛おしくてたまらない自分の方か。

肩口に鼻先を埋め、体臭を嗅ぎながら甘える雨黒燕の頭をぽんぽんと撫でる。

「私も、同じ気持ちだ」

嬉しそうに鼻を鳴らす雨黒燕はまるで仔犬のようだ。首筋に軽く口接《くちづ》け、紅琰の頬を手で挟み込む。見つめ合った後はもう、なし崩しだった。

「……ん、……っ」

合わさった唇の隙間から、熱い舌が滑り込んでくる。誘うように迎え入れて絡め取り、きつく吸い上げると雨黒燕がくぐもった声を漏らした。ぐっと押し付けられた腰が、早くも反応を示して硬い。その感触に、紅琰は震えるほどの悦びを感じる。

「また堅苦しく着込んでいるな。寝所で待つときは夜着でよいと、いつも言っているだろう」

「っ……魔王の世子をお迎えするのに、そういうわけには、……ん、っ」

角度を変え、口接けはさらに深まった。主導権を取り返そうと、雨黒燕が舌先を甘噛みしてくる。足から力が抜けそうになり、紅琰は咄嗟《とっさ》に雨黒燕の襟をきつく掴んだ。背後に回った手に腰をまさぐられ、尻臀《しりたぶ》を掴まれる。

「どうせ脱ぐのに？」

「！」

低い囁きに息が上がった。

露骨《ろこつ》な愛撫に翻弄《ほんろう》され、口の端から呑み込みきれない唾液が溢れる。苦しさに紅琰は身を捩《よじ》り、雨黒燕の厚みのある胸を叩いた。ようやく、乱れた吐息とともに唇が離れる。

「それとも、俺に脱がせてほしくて……？」

含みを持たせた言いかたがいやらしい。

紅琰は腫れぼったくなった唇を舐め、恨めし気な目で年下の男を軽く睨《にら》んだ。

「……あとでよい」

聞いた瞬間、雨黒燕が得意げににやりと笑う。一矢報いてやりたくて、紅琰は雨黒燕の腕を取り、床帷（ベッドカーテン）の内側へと誘《いざな》った。口接けを交わしながら、急いた手つきで互いの着衣を脱がせていく。牀《しょう》に仰向けに押し倒され、紅琰は雨黒燕の頭を胸に抱え込んだ。黒く艶やかな髪をまさぐり、立派な角の輪郭《りんかく》を指で辿る。

（もう、以前とほとんど、変わらない……）

龍角は魔族にとって、いわばステータス・シンボルだ。それを雨黒燕は五百年前、紅琰を解毒するためだけに、自《みずか》らの手で切り落とした。再び生え揃うまでには何千年かかるかわからないのに、だ。

「伸びたな」

喉元に舌を這わせていた雨黒燕が、ちらと視線を上げた。手を上げて軽く指先を動かすと、角が一瞬で見えなくなる。

「どうして……」

「牀《ここ》では必要ない。紅琰の肌を傷つける」

「……」

紅琰が自責の念に苛《さいな》まれぬよう、先回りして消したのだろう。

龍角を失ったばかりの頃、雨黒燕が〝角なし〟と陰で揶揄《やゆ》されていたことを、紅琰は知っている。本人は気にする素振りもなかったが、もう二度と同じことがあってはならない。

「もし、また同じ状況になっても俺は迷わず切り落とす」

紅琰の想いを察したように、雨黒燕が低く告げる。

「燕儿……」

「そんな顔をするな。俺の傍にいる限り、二度目はない」

蝋燭《ろうそく》が煌々と灯された寝殿内には、牡丹の香りがそこはかとなく漂っている。紅琰の項《うなじ》にある牡丹の痣《あざ》も赤く色づき、燃えるような熱を放っていた。そこにも唇を押し当てられ、紅琰は溜息のような喘ぎを漏らす。無意識に背を反らし、頭を抱え込む手に力を込めると、雨黒燕が低く笑った。

「こっちのほうがいいのか？　紅琰」

うっすらと色づいた胸の突起に、舌先が触れようとした――まさにその時だった。

突然、異質な気配を感じ、ふたりは同時に動きを止めた。

（何者だ……？）

誰かわからないが、寝殿内に侵入した者がいる。

魔王宮の結界は非常に堅固であり、滅多《めった》な者には破れない。それを突破して入り込んできたのなら、修為《しゅうい》が非常に高い者であることは間違いない。

「燕……」

「シッ」

開いた寝所の格子窓の前に、黒い影が見える。

なにやら、腕に大きなものを抱えているようだ。

「動くな！」

紅琰が花苞笄に手をかけるよりも早く、雨黒燕が牀から飛び出した。手の中に愛剣を召喚し、一瞬で相手の首に突き付ける。

黒い斗篷《マント》を纏《まと》った相手は、幼子を腕に抱いたまま、膝を曲げて挨拶した。あられもないふたりの姿を見せないようにか、片手で子供の視界を遮《さえぎ》っている。

「九天玄女《きゅうてんげんにょ》が魔王太子殿下、ならびに魔王太子妃殿に拝謁する。略式ですまない、両手が塞がっているのでな」

「義、義兄上⁉」

聞き覚えのあるその声に、紅琰は慌てて衣を掻き集めた。手早く内衣を身につけながら、雨黒燕に、「敵ではない、剣を下ろせ」と声をかける。

「とんだ誤解を。どうなさったのですか」

天界の太子妃、連理《リエンリー》――ややこしいが紅琰の兄、月季《ユエチー》の夫《つま》であり、紅琰にとっては義姉ならぬ義兄にあたる男神だ。天界でもつい最近まで女神だと信じられていたほどの美貌の持ち主で、上古の時代より九天玄女の名で知られている。

「のっぴきならぬ事情があってな。夜分に邪魔して申し訳ない」

「本当にな」

雨黒燕が嘆息しつつ、召喚した剣を消す。

「燕儿っ。……このような格好で失礼を」

雨黒燕を嗜《たしな》めつつ、紅琰は拝礼した。

連理の霊力が半減している。膨大な修為を持つ彼がこのような自体に陥ること自体、ただ事ではない。

「天界でなにか起きたのですか？　その、腕に抱えておられるのは……」

　連理は答えないまま、大事そうに腕に抱いていた子供を下ろした。伏せた顔は影になっていて見えない。だが背格好から鑑みるに、人間でいえば五、六歳くらいの男の子と思われる。

「殿下。弟君《おとうとぎみ》にご挨拶を」

「おと……!?」

　耳を疑ったふたりの前で、子供が静かに面《おもて》を上げた。そのあどけなくも凛々しい顔立ちに、紅琰はひゅ、と息を呑む。

「あ……あにうえ……？」

「いや、まさか……！　たしかに可愛くない子供だが」

　似ているどころではない。そこにいたのは、まだ異母兄弟として無邪気《むじゃき》にじゃれあっていた頃の月季そのものだった。

「ご本人なのだ。まだ、太子殿下ではない頃の、な」

　連理の複雑な表情とは裏腹に、子供は切れ長の目を大きく見開き、興味深そうに紅琰を見上げる。

「二弟……か？　たしかにこの者の纏う気は紅琰のものだが……。なぜ急に大きくなったのだ？　二日前に会った時はこの兄より背が低かったではないか」

「……殿下、それは……」

「私も早く大きくなりたい。でないと二弟を守れぬからな」

この口調、小生意気な物言い。まさに、あの頃の月季だ。

紅琰は驚愕を通り越し、感動すら覚えた。

「拝謁いたします、兄上……！」

「二弟、顔を上げよ」

「恐れ入ります。……ああ、義兄上！　まさに、弟の私をよく世話してくれた頃の兄上です。いったいなぜ、こんな姿に？」

「実は、込み入った事情があってな。……ここだけの話にしてほしいのだが」

連理はやや強張った顔で前置きすると、手短にこう打ち明けた。

実は一週間ほど前に、月季は『玄鳥《げんちょう》の卵』を飲んだ。そして翌朝、寝床で目覚めると彼はすでにこの姿に変わっていたのだ――と。

紅琰は面食《めんく》らい、さすがは上古神である九天玄女、と唸《うな》るしかない。

「かの有名な玄鳥の卵が実在し、さらにそれを義兄上が保持しておられたとは」

「待て紅琰、……ということはつまり、おふたりは……その……」

「まぁ、そういうことだ」

すべてを察した紅琰と雨黒燕は気まずい表情で押し黙った。

つまり、月季は玄鳥の卵を飲み、連理と子作りに挑んだのだ。無謀にも、男神同士で。その結果として、神体に意図せずこのような変化が現れた――と。

「ええと……、義兄上が無理やり飲ませたわけではないのですね……？」

「まさか。太子殿下が私から奪い、自ら口にされたのだ。なにが起きても受け入れると」

「あの兄上が？」

犬猿の仲だったふたりが、いつの間にかそこまで深く愛を育んでいたとは知らなかった。喜ばしいことではあるが、正直、どういう顔をしていいかわからない。

「こんな結果になってしまい、慙愧《ざんき》の念に堪えぬ。すべて私の過《あやま》ちだ。郎君には謝っても謝りきれぬ」

連理は深い溜息をつき、小さな月季を見た。

この一週間、人知れず自らを責め続けてきたのだろう、白皙《はくせき》の美貌には疲労の影が色濃く浮かんでいる。

「元に戻す方法はないのですか。こんなときこそ、王母娘娘《ワンムーニャンニャン》に頼っては」

連理は力なく首を振った。崑崙《こんろん》から効果のありそうな神丹妙薬《しんたんみょうやく》を取り寄せたものの、どれも効果はなかったらしい。

「天帝の後継を危険に晒《さら》した罪人として、罰を受ける覚悟はある。だが、戦神の弱体化は天の一大事。太子としての体面を守るためにも、秘密裏に事が納められるに越したことはない。頼みの綱として、これから泰山《たいざん》の師父の許《もと》に向かうのだが……」

「そういえば、王母娘娘に仕える前、義兄上は碧霞元君《へきかげんくん》に師事しておられたのでしたね」

天宮の遥か東方にある泰山は、死者の霊が集まる場所であり、この世の生と死を司る。その一柱である天仙聖母碧霞元君《てんせんせいぼへきかげんくん》は九天玄女の師父であり、病気治療など多くの神格を備えている。配下には赤子や幼児を加護する補佐神を六人も従える高位の女神だ。

連理は頷きつつも、溜息をついた。

「郎君はいま、記憶も霊力も幼齢まで戻ってしまっている。幸い、それ以外に損ねた部分はないが、他者から霊力をもらわねば退行が進んでいってしまう状態だ。対処したいまはこの年齢で止まっているが、私が与えた霊力が尽きれば、また幼齢化が進むだろう。そのまま神魂が消滅してしまう可能性も……ないとは言い切れぬ」

「つまり、赤子よりも以前の状態まで退行することもあり得るということですか？」

「まさしく」

なるほど、と紅琰は唸った。

泰山への道は遠く、危険も多い。いまの月季を連れて行くのは難しいと判断したのだろう。だが天宮の太医を呼べば天帝に報告がいき、容易《ようい》ならざる事態に陥るに違いない。

だからこそ、連理はあえて魔界にいる紅琰を頼ったのだ。情報を漏らすことなく、霊力を月季に分け与えてもそれほど影響がない、信頼できる相手として。

「太子殿下は急病ということにして、東宮に結界を張ってきた。私が泰山から戻るまで、どうか郎君を預かってほしいのだ。私の命を託《たく》すのに、貴殿ほど頼れる者はおらぬ」

「なにを言っている、ここは託児所じゃないぞ」

すぐそばで話を聞いていた雨黒燕が、呆れたように口を挟む。

燕儿、と軽く窘め、紅琰は畏《かしこ》まって拝礼した。

「承知しました。私が責任をもって兄上のお世話をさせていただきます」

「紅琰、本気か……⁉」

雨黒燕が憤慨《ふんがい》したように紅琰の袖を掴む。

たしかに、月季と紅琰との間には長く確執があった。五百年前、雨黒燕が角を切ることになったのも、月季が紅琰に盛った薬の解毒のためだ。すべては兄から弟への過ぎた愛情が引き起こしたことだったが、雨黒燕の怒りは凄まじく、天帝の御前で月季と剣まで交えている。

当人たちが和解したいまも、雨黒燕は月季にいい感情を抱いていない。

「子供の姿とは言え、こいつを預かるなんてとんでもない」

「魔王太子殿下の気持ちは理解できる。恨みを捨ててくれとも言わぬ。ただ、この子はまだ何も知らぬ頃の、……母を失って間もない頃の郎君なのだ」

「燕儿、どうか頼む。この時分の兄上は、私に毒を盛った天の太子ではない。弟想いの優しい兄上なのだ。わかってほしい」

紅琰が降嫁したいま、天帝の座を受け継ぐことのできる男子は月季しかいない。それに、なにより連理にとって月季は自身の命と言い切るほどかけがえのない存在なのだ。

「……。ふたりに頭を下げられては、断れないではないか」

雨黒燕が溜息交じりに承諾すると、連理の顔は肩の荷が下りたように明るくなった。

「ありがたい。両殿下に感謝を」

「燕儿、えらいぞ」

「俺まで子供扱いするな。あと、こいつのことはなんて呼べばいいんだ。バレないように偽名をつけた方がいいだろう。いっそ女子の装いでもさせておくのはどうだ？」

ニヤニヤと指さされた小月季が、軽蔑《けいべつ》したように雨黒燕を見る。

「変態」

雨黒燕の冷やかし笑いが一瞬で凍り付いた。

「貴様、魔族か？　さっきからこの私に向かってなんなのだ。二弟にまで馴れ馴れしくつきまとって、礼儀をわきまえぬか」

「なっ……！　俺は紅琰の夫……っ」

「燕儿！　子供相手にむきになるな」

紅琰は慌てて雨黒燕の口を塞いだ。

小月季にとっていまの紅琰はいわば、未来の弟の姿である。大人げなく子供に敵意を向けているこの魔族の男が、可愛い二弟の「未来の夫君」だと知ったら、話がもっとややこしくなる。

「……紅琰、なにをする……」

「シッ。この年頃の子供には刺激が強すぎる。それに、考えてもみろ」

いま、紅琰が安穏《あんのん》と魔界で新婚生活を送れるのも、天の太子に封じられた月季が役目を果たしてくれているからだ。もし、月季がこのまま帝位を継ぐことができなくなれば、紅琰にお鉢が回って来ない、とも限らない。

「……。一理ある」

紅琰の説得に一度は頷いた雨黒燕だったが、小月季の勝ち誇った笑みに再び目尻を釣り上げた。

「臭小子《クソガキ》……！」

「殿下、そのくらいに」

雨黒燕を挑発する小月季の前に膝をつき、連理が優しく窘める。

「連理嗎《マー》……」

「殿下、連理はそろそろ行かねばならないが……私が戻るまで、おふたりと一緒に私の帰りを待っていてくれるだろうか」

「わかった。……でも、こいつは嫌いだ」

「嫌いでも構わない。ただ、困らせてはいけない。紅琰殿の大切な方だ」

「……うん」

小月季が渋々こくりと頷く。

記憶ごと退行したいまの彼に、連理が自分の夫《つま》であるという認識はない。だが、ふたりの間には確かな信頼があるようだ。媽《おばさん》と呼ばれようが連理は意に介さず、小月季に後ろを向かせた。白く美しい手を小さな背にそっと当てる。

「義兄上、それ以上は……」

紅琰が止める前に、押し当てた掌が白く光る。渡せる限界まで霊力を注ぎ込むと、連理は立ち上がった。ふたりに向かって深々と拝礼する。

「両殿下、くれぐれもよろしく頼む。郎君のお世話は、他の者には決して任せぬよう」

「承りました」

紅琰が頷くのを見届けると、連理は一瞬で姿を消した。

◇　◇　◇

「百歩譲って、東宮《ここ》で預かるのはいいとしよう。だが、紅琰が着替えまで面倒を見てやる必要はないんじゃないか？」

　急遽、自分たちの寝所の隣に設えた子供部屋で、雨黒燕がぶつぶつと文句を言う。

　紅琰が床帷の内側で、小月季に寝支度をさせているのだ。

「まだ幼いんだ。それに義兄上に言われただろう、他のものに世話を任せるなと」

「幼いだと？　俺が同じくらいの年頃のときは……」

「風呂も着替えも義姉上たちが、代わる代わる世話したそうだな。義姉上たちから聞いているぞ。ああ、そこに置いてある寝巻をとってくれ」

　床帷の隙間から、白い手がにゅっと差し出される。

　雨黒燕には九人もの姉がいて、揃って紅琰と仲がいい。いまは落ち着いたが、結婚直後は姉たちがなにかと東宮にやってきては紅琰に話し相手をさせていた。雨黒燕が怒って追い払うと、紅琰をひとり占めするなとまで責められて――。

（姉上たち……余計なことを……）

　雨黒燕は押し黙り、おとなしく小さな夜着を差し出した。

「ああ、よかった。丈もちょうどいい。そなたの令堂《れいどう》がこれほど器用な方だったとは」

　幼児化した月季をしばらく預かることになったまではよかったが、東宮にはまだ子供がいない。当然、子供用の衣などもなく、雨黒燕は東宮妃付きの侍女に適当なことを言い、自分が子供の頃に着ていた衣をこっそり取りに行かせたのだ。

「……まさか母上が、俺の子供の頃の衣を捨てずにすべて保管させていたとはな……」

「母の愛だろう。ありがたいことではないか」

待望の男児だったということもあるのだろう。母はとにかく雨黒燕を溺愛《できあい》し、着せるものや玩具《おもちゃ》なども自ら作ったと聞いている。

「さあ、兄上、夜着も髪も整いました。そろそろ牀でお休みに……ん？」

「どうした？」

床帷を撥ね上げると、小月季が紅琰に凭《もた》れかかっていた。さきほどから妙に静かだと思ったら、すでにうとうとしていたようだ。

「フン、やはり子供だな」

「いまは、な」

くたりとした小月季を牀に寝かせ、紅琰は袖を振って枕元の灯りを落とした。寝息を立てる小月季の首元まで被子《ひし》(掛け布団)を引き上げる。

「色々あって、疲れているのだろう。天界で一、二を争う美貌の九天玄女でさえ、目の下にクマを作っていた」

「一番美しいのは紅琰だ。異論は認めない」

牀の縁に並んで腰を下ろし、紅琰を抱きしめる。細い顎を捕らえ、強引に唇を合わせた。

「燕……、ん……」

先程はいいところで邪魔が入った。一刻も早く紅琰をひとり占めしたくて仕方がない。

「……っ雨黒燕……！　すぐそこで兄上が寝ているのだぞ」

顔を背け、肩で息をする紅琰の頬が赤い。もう一押しだ。

「さっきの続きがしたい。それとも、生殺しの状態で不満なのは俺だけか……？」

手を取って唇を押し当てながら、上目遣いで紅琰を見る。案の定、紅琰がぐっと言葉に詰まり、視線を泳がせた。幸い、小月季は目を覚ます気配がない。

「……わかった。寝所に戻ろう」

雨黒燕はほくそ笑み、紅琰の腕を取って部屋を出た。

「燕儿、今夜は……」

「わかっている。子供が起きないように、だろう？」

そそくさと扉を閉めながら、雨黒燕は片目を瞑《つむ》ってみせる。幼いとはいえ乳飲み子ではないのだから、このまま朝まで紅琰を独占できるはずだ。

だが、数歩も歩かないうちに、紅琰の脚がぴたりと止まった。

「どうした？」

「声が……聞こえないか」

「気のせいだろう」

「いや、気のせいではない。泣き声だ」

雨黒燕は渋々といった体で耳を澄ませた。静寂の中、たしかに啜《すす》り泣くような声が微かに聞こえる。

「兄上の部屋のほうからだ。悪いが先に寝《やす》んでいてくれ、様子を見てくる」

雨黒燕の手を振り切り、紅琰は踵《きびす》を返した。慌ててその後を追う。

「待て、怪異かもしれない」

「なに言ってる、兄上の声だ」

——百歩譲って月季の声だとしても、どうせ嘘泣きに決まっている。

ふたりしてさっき出てきたばかりの部屋に戻り、床帷の中を覗く。紅琰が指先に灯した霊力の灯りの中、寝床で小さく丸まる小月季の姿が浮かび上がった。

「……母上……」

濡れた睫毛を震わせ、微かな声で幾度も母親を呼んでいる。

丸い頬に伝う涙を見て、雨黒燕は心の底から驚いた。

「本当に泣いてるのか？　あの月季が？」

「シー。だから言っただろう」

紅琰が小月季の前髪を指でかき分け、頬の涙をそっと拭う。

「以前にも話したと思うが……兄上は、物心ついてすぐに母親を亡くしているのだ」

紅琰が物心ついた頃にはすでに、月季はひとり長春宮《ちょうしゅんきゅう》で暮らしていたと聞いている。

もちろん、乳母《うば》や従者はいただろうが、寂しい思いをしたのではないだろうか。

「……燕儿？」

床帷をかき分け、雨黒燕は小月季を抱き上げた。起こさないように自分たちの寝所まで運んでいく。ついてきた紅琰が床帷を開けてくれ、雨黒燕は大きな牀の真ん中に小月季をそっと寝かせた。

「俺の紅琰が、いちいち起こされてはたまらないからな。今日だけ大目に見てやる」

呆気にとられていた紅琰は、すぐに意図を解したらしい。

「いがみ合っていても、やはり燕儿は優しいな」

「別にこいつのためじゃない。ただ、隣室が気になって眠れないくらいなら、ここで寝かせた方がマシだからな」

「うん」

考えてみれば、月季も可哀そうな男ではある。だからと言って、好きにはなれないが。

小月季はしばらくむずかっていたが、紅琰が被子の上からぽんぽんと軽く胸を叩くとすぐに寝息を立て始めた。雨黒燕はやれやれと息をつき、被子の上にある紅琰の手をそっと握る。

小月季を挟み、川の字で牀に横たわった紅琰と自分。

五百年前、この光景をいったい誰が想像できただろう。ふと、紅琰の押し殺した笑い声が聞こえてきた。

「なにがおかしい？」

「いや、……子供がいる生活も悪くはないと思ってな」

「俺たちの子供は、こいつの百倍は可愛い」

早くも親馬鹿な発言をしながら、百華王の庭にある金色《こんじき》の牡丹に思いを馳せる。

天宮にある紅琰の寝殿、精華宮《せいかきゅう》の庭園。通称「百華王の庭」には、常に三界の愛が花の形で咲き乱れる。愛を司る神として、紅琰は長きに渡り、その花々を育ててきた。

紅琰の命の根源である元神の一部でできた金の牡丹は、ふたりの愛そのものだ。魔界に降嫁する日、ふたりはそれを精華宮の庭に植えた。いまは星のような形で五つの種を結び、この世に生まれ出る日を待っている。

「いつだろう、楽しみだ」

雨黒燕は待ち遠しげに目を細め、紅琰の手を取り、口接けた。

「名前はどうしようか。五つ子なんだから五つ考えないと。ああ、父王の意見は聞かなくていいぞ。俺のようなことになりかねない。呼びやすくて覚えやすい名が一番だ」

「……たしかに」

「男の子には俺が武術を教えよう。女の子には女性の師をつけた方がいいな。紅琰に似た女の子が生まれたら、俺は一生嫁に行かせない」

「気が早いことを……」

「それから子供が生まれても、ふたりの時間は大切にしたい。日中はともかく、夜は別室で乳母に任せる。それでこそ夫夫円満《ふうふえんまん》に過ごせると俺は思う」

力説すると、紅琰は小さく欠伸をしながらも頷いた。

「ああ、ああ、そなたはきっと、良い父になる……」

「俺もそう思う」

紅琰との甜甜蜜蜜《ラブラブ》な子育て生活は、きっと楽しい。もちろん、いまのままでも十二分に幸せだが、子供がいたら東宮はいまよりもっと賑やかになるはずだ。きっと、笑いが絶えない日常が待っているに違いない。

(子供のいる生活、か……)

あれこれ想像してはひとりほくそ笑む。

――ただし、現実はそうはいかない、のである。


「戻ったのか、燕儿」

「…………ああ」

小月季が当然のような顔をして、床榻《しょうとう》に座る紅琰の隣にぴったりとくっついて座っている。

（クソ弟控《ブラコン》め……）

扉を開けて真っ先に目に飛び込んできた光景に、雨黒燕は目を覆いたくなった。

子供の姿をしているからと言って油断は禁物だ。そう思って早めに政務を切り上げて戻ってみれば、時すでに遅しである。

「今日は早めに切り上げてきた。紅琰に会いたくてな」

「調子のいいことを」

雨黒燕は、小月季などまるで目に入っていないかのように紅琰に近づき、肩に手を置いた。軽く抱き寄せ、ただいまの接吻《キス》をしようとして声を上げる。

「疼《ツ》ッ」

「燕儿？　どうした？」

紅琰の肩に置いた手を、小月季が思い切り抓ったのだ。知らずに驚く紅琰にぴたりと寄り添い、小月季が澄ました顔でいう。

「私の二弟に不埒な真似をするな」

赤くなっていく手の甲を眺め、雨黒燕もまた不敵な笑みを浮かべる。

「おまえのじゃない、俺の紅琰だ」

「無礼者め、気安く名を呼ぶな。二弟のことは二殿下と呼べ」

――紅琰と俺は愛称で呼び合う対等の関係だ。

そう言いたいのをぐっと堪え、雨黒燕は茶卓を挟んだ反対側に座った。

「大人の話に子供が口出しするんじゃない。それより、おまえに長幼《ちょうよう》の序というものについて教えてやろう」

「結構だ。それに長幼の序に倣《なら》うならば貴様こそ、紅琰より年下に見えるが？」

「――口の減らない小子《ガキ》め……！」

顔を真っ赤にする雨黒燕を、横から紅琰が「まぁまぁ」と宥めに入る。だが、小月季は澄ました顔で茶卓に手を伸ばした。自分と紅琰のぶんだけ茶を淹れる。

「二弟、冷めないうちに」

「感謝します、兄上。……燕儿の茶は私が淹れよう」

今度は小月季が眉を跳ね上げる番だった。なにか言いたげに口を開きかけたものの、唇を噛んであらぬ方に視線を向ける。

それを見ながら、雨黒燕は勝ち誇った顔で紅琰が淹れてくれた茶を飲んだ。

「ああ、紅琰が淹れてくれる茶は格別だな。とても美味い、愛が込められている」

これ見よがしに茶を啜ると、小月季がすっくと立ちあがった。

「疲れたから戻る。世話はしなくてよい」

そういうが早いか、すたすたと部屋を出て行く。

扉が閉まると、紅琰は飲み終わった茶杯を卓に置き、軽く溜息をついた。

「子供と同じ土俵《どひょう》で争ってどうする」

「あれが挑発するからだろ。見てみろ、さっき抓られた」

指の跡がくっきり残る手を紅琰の前に差し出す。

「赤くなってるな。痛かっただろう」

「子供だと思って甘く見るな。相手はあの月季だぞ。少しでも憐れんだ俺が馬鹿だった」

紅琰と九天玄女の頼みでなければ魔界から叩き出していたところだ。

紅琰が立ち上がり、雨黒燕のすぐ隣に腰を下ろした。抓られたほうの手を取り、赤くなった甲にそっと息を吹きかける。子供騙しのおまじないだが、雨黒燕にも効いたらしい。少しは機嫌が治ったようだ。

「口ではそういうが、そなたも、あの寝言のことはネタにしないではないか」

「そ、それは……眠っている間のことだし、ふざけて揶揄《からか》うような話でもないだろ」

おそらくだが、月季は母親を恋しがる気持ちをひた隠したまま大人になったのだろう。寝言を揶揄えば、きっと辱《はずかし》められたと感じるに違いない。だれしも、心に柔らかく脆《もろ》い部分はあるものだ。

「では、ずっと角を隠したまま、怖がらせないようにしていることは？」

「じ、邪魔になるし、元に戻すのを忘れていただけだ」

「ほう。では東宮の侍従たち全員に暇を出して、兄上が自由に過ごせるようにしたのも」

「それは……」

手の甲に唇を押し当て、紅琰は上目遣いに雨黒燕を見た。長い睫毛に縁取られた濡れた瞳が、まっすぐに自分を捕らえている。

「そなたの優しさと忍耐を、私はわかっている」

雨黒燕は、赤くなって視線を逸《そ》らした。この顔に弱いことを、本人は知っているのだろうか。特に上目遣いで見つめられると、どんな頼みごとでも聞き入れてしまいそうになる。

「いまの兄上には記憶がないだけで、既に愛人《アイレン》がいる身。いまだけ辛抱《しんぼう》してくれ」

「いまだけ、か」

ふと、思いついたように雨黒燕の目が暗くなる。

「待てよ、いまの月季なら簡単に殺れるんじゃ……」

「物騒なことを言うな」

「紅琰こそ、恨んで当然ではないのか」

紅琰が茶杯の水面に視線を落とし、困ったように微笑む。

「恨んではいない。兄上がずっと、父帝の前では委縮《いしゅく》していたのを知っていながら、その孤独をわかろうとしなかった私にも罪はある。記憶と姿が退行したからと言って、時間までが戻ったわけではない。わかっているが、それでも……」

紅琰はいま、当時の罪滅ぼしをするような気持ちで小月季に接しているのかもしれない。だとしたら、思うところはあれど部外者が口を出すべきではない。

雨黒燕は嘆息した。

「わかった。もう、言わない」

兄も弟もいない自分には想像もつかない感情が、ふたりの間にはある。

その事実に少しだけ、妬《や》けた。

◇　◇　◇

――一夜明けた翌日。

紅琰は朝から雨黒燕に小月季を預けると、魔王の妃である魔后の許を訪れた。姑への挨拶と気遣いは夫《つま》としての礼儀であり、王太子妃として欠かせない儀礼でもある。

魔后は機嫌よく紅琰を迎え、しばらく茶を飲みながら四方山話《よもやまばなし》に興じていたときだった。

東宮の侍従が慌てた様子でやってきて、紅琰に告げたのだ。

「王太子殿下がお呼びです。至急、お戻りになるようにと」

「まあ。あの子ったら、少しの間も離れていたくないのね」

魔后は呆れ交じりに溜息をついたが、紅琰はすぐに席を立って拝礼した。

「では義母上、これにて失礼を」

魔后が渋々、行くように手で合図する。

人払いした東宮はいま、雨黒燕と小月季のほぼふたりきりだ。言動に手を焼いているのかもしれない。顔色には出さず、紅琰は急いで東宮の居処《きょしょ》へと戻った。

「紅琰……！」

予想に反し、雨黒燕は青ざめていた。傍らの牀には、小月季が寝かされている。ぴくりとも動かない閉じた目蓋《まぶた》を見て、紅琰は唾を呑み込んだ。

「燕儿、兄上は……」

「意識がないんだ」

「……そんな、馬鹿な」

震える足で枕元まで近づく。

ぐったりとしているが、これといった傷はない。だが神脈を診ると酷い内傷《ないしょう》を負っていることがわかる。意識が戻らないのも、そのせいだろう。

「燕儿、教えてくれ。なにがあった」

思わず肩を掴むと、雨黒燕が顔を顰《しか》めた。

「く……っ」

呻きに驚き、咄嗟に手を離した。見れば、右の掌にべっとりと赤い血が付着している。

「そなたも怪我《けが》を？」

「たいしたことはない。俺が少し目を離した隙に、月季が何者かに襲われた。すまない、俺の落ち度だ」

左肩をさりげなく庇《かば》いながら、雨黒燕が笑って見せる。だが、黒い袍の肩のあたりが裂けている事に気づき、紅琰は戦慄《せんりつ》した。

「襲われた？　この魔王宮で？　相手はいったい……」

「わからない。とにかく、先に月季を癒せ」

天族の内傷は、魔族には治療できない。天族が修練する法力と、魔族が修練する魔力には互換性がないためだ。無理に与えれば、回復させるどころか、互いの身体に害が及ぶ。

「すまない。そうさせてもらう」

紅琰は小月季を抱き起こした。急激に霊力を消耗したのか、少し身体が小さくなったようだ。いま以上に退行が進まないよう、霊力を注ぎ込む。

「燕儿、そなただけでも宮医に診せねば」

「かすり傷だ、すぐに治る。それより、刺客を取り逃がしたのが悔やまれるな」

重傷というわけではないものの、傷はそれなりに深そうだ。頑《かたく》なに宮医を呼ぼうとしないのは、小月季を匿《かくま》っている事実を知るものを増やさないためだろう。

「手当てしよう。脱いでくれ」

戸棚から薬箱を取り出し、紅琰は傷薬の入った瓶や包帯などを取り出した。雨黒燕の襟元を緩めさせ、果実の皮を剥くように片肌を脱がせる。

「そこで子供が寝てるっていうのに、昼間から大胆だな、紅琰……アイテテッ」

頬を軽く抓ってやると、雨黒燕が大袈裟な悲鳴を上げた。

「真面目《まじめ》な話をしているときに、不埒な冗談を言うからだ。で、月季が襲われた経緯は」

「月季が、急にかくれんぼがしたいと言い出したんだ。たまには子供らしいことも言うのだなと、真に受けてつきあったのがいけなかった」

雨黒燕に目隠しをさせ、自分は隠れるふりをして部屋を抜け出したらしい。紅琰を探しに行ったのだろう。百まで数えた後、月季が逃げ出したことに気づいた雨黒燕は、急いで東宮内を探し回った。そして、中庭の方から月季の悲鳴を聞いたのだ。

「俺が駆けつけたとき、月季は刺客の前に倒れていた。咄嗟に間に飛び込んだから、刺客の刃が月季を傷つけることはなかったが……」

怪我を負いつつも反撃した雨黒燕に、相手は分が悪いと思ったのか姿を消した。その刺客が小月季の命を狙っていたのは間違いない。

「天族同士なら霊力で癒せるんだが……。それにしても、武術に秀でたそなたに、血を流させるとはかなりの手練《てだ》れだな」

「つっ」

逞《たくま》しい肩に、ざっくりと切れた刀傷が痛々しい。血を拭い、白い粉状の薬を塗布《とふ》する。

傷口の状態からも、相手が武術の上級者であることは間違いない。

「だろうな。夜行衣に覆面姿で、気もまるで感じられなかった」

「魔族か天族かも、わからなかったのか」

「ああ。俺は剣で斬りかかられただけだからな。でも月季は……」

昏睡《こんすい》したままの小月季をちらと見る。

雨黒燕は刺客の捕縛より、小月季の身を安全を優先した。だがもしかすると、先に刺客と対峙した小月季のほうが詳しい情報を持っているかもしれない。

「燕儿、兄上に代わって礼を言う。そなたは兄上の恩人だ」

「そんなたいそうなことじゃない」

雨黒燕が照れくさそうに視線を逸らす。

(それにしても、なぜ兄上が……？)

肩に包帯を巻きながら、紅琰は釈然としない思いだった。

天界の太子がいま、幼い姿で魔界にいることを知る者は限られている。そして雨黒燕は刺客の顔を見ておらず、目撃したはずの月季も意識がない。

刺客が魔界の手のものか、天界の手のものかもわからない。天界のものなら高度な伝送術が使えなければ刺客を送り込むことは不可能だ。

(魔王宮のもの、とは思いたくないが……)

起きてしまったことは仕方がない。

とりあえず、紅琰が引き続き小月季に霊力を与えながら、一晩様子を見ることになった。


夜が明けても、小月季の意識は戻らなかった。

寝ずに付き添った紅琰に、雨黒燕がそっと声をかける。

「様子はどうだ?」

「……芳《かんば》しくないな」

魔族は瘴気の中でも傷の回復が早い。驚異の回復力で傷が塞がり、雨黒燕の顔色もだいぶ元に戻っていた。

ほっとしながらも、紅琰の顔色は冴えない。

「万が一ということもある。天界で療養させた方がいいかもしれないな」

魔界は瘴気が強く、いまの月季の弱った身体では消耗が激しい。天界に戻れば回復も早まるはずだ。

「冬柏《ドンバイ》を呼んで精華宮に連れて行くか?」

「いや、いまは百華王の庭を母上が管理している。東宮の方が安全だろう」

母の勘は鋭い。急に来なくていいと言えば逆に怪しまれるだろう。

いまの月季の姿を、だれにも見つかるわけにはいかない。

「だが、主がいない東宮にどうやって忍び込む？　騒ぎにならずに九天玄女が張った結界を抜けるのは相当難しいはずだ」

「義兄上のことだから、万が一の場合にもきっと備えているだろう。神器かなにか、結界の鍵となるものがきっと……」

ふと、東宮で飼われている神獣のことが脳裏《のうり》に浮かんだ。

月季と血の契約を交わした雄の貔貅《ひきゅう》で、名を天禄《てんろく》という。忠実な僕《しもべ》である彼は、きっといまも天界で主の帰りを待っている。

「……天禄だ」

紅琰が呟くと、雨黒燕もすぐに思い出したようだった。

「月季の騎獣か？　天を駆けるとかいう……俺も見たことはないが」

千年の修練を経た天禄は、人型に化身《けしん》できる。だが主以外にはほとんど懐かず、紅琰さえ言葉を交わしたことはほとんどない。連理が結界の鍵とするなら、彼以外にない。

「兄上の姿を見れば、天禄はきっと結界を内側から解いてくれる。東宮内に入れるはずだ」

「ならば、俺も一緒に行こう」

昏々と眠る小月季を、雨黒燕が抱き上げた。

「私ひとりでも大丈夫だが……」

「月季がどうなろうと知ったことではないが、ちょうど朝議《ちょうぎ》もない時期だし、これは魔王宮の中で起きた事件だからな。守れなかった俺にも責任がある」

もっともらしい理由を並べ、ついて来ようとする雨黒燕の顔が少し赤い。相容れない仲とはいえ、少しは心配しているのか。

「感謝する、燕儿」

敵の姿が見えないいま、雨黒燕がいれば心強い。

小月季を連れ、ふたりは天界へと向かった。


紅琰の予想は正しかった。

東宮府の大門に呼び出された天禄は、ぐったりした小月季の姿を見るなり光を放ち、巨大な神獣から少年の姿へと化身した。

すぐに結界を解き、挨拶も忘れて三人の許へと駆け寄ってくる。

「太、太子殿下⁉　いったいどうなってるんですか？　玄女娘娘《シェンニュニャンニャン》は、二殿下に任せておけば安全だとおっしゃったのに！」

「礼儀をわきまえろ、獣」

小月季を腕に抱いたまま、雨黒燕が不遜《ふそん》な表情で天禄を叱《しか》りつける。

「よい、燕儿。悪いのは私だ。天禄、信頼に応えられなかった非は、あとで義兄上に謝罪する。とにかくいまは、天界で兄上を療養させねば」

我に返った天禄が頷き、さっと道を開ける。大門をくぐり、人目につかぬよう寝殿に向かおうとしたときだった。

「上帝陛下のおなり――」

にわかに門の前が騒がしくなり、朗々と先ぶれの声が響いた。

――まずい。

結界を解く前だったら、まだ誤魔化《ごまか》しようもあった。よりによってこの瞬間に、天帝が東宮にやってくるとは。

「早く、太子殿下を俺の背に」

紅琰が動く前に、天禄が獣の姿へと戻った。

たしかに、小月季ごと飛び去ってしまえば、この場を凌《しの》げるかもしれない。

だが、雨黒燕が翼の間に小月季を下ろした瞬間、天帝が府内に姿を現した。傍らには紅琰の実母、天后《ティエンホウ》の姿もある。後には大小さまざまの箱を捧げ持った従者や、天帝を護る天兵たちが続き、完全に逃げる機を失ってしまう。

「上帝陛下、天后娘娘に拝謁いたします」

焦りを押し隠し、紅琰は雨黒燕と並んで拝礼した。

長く臥《ふ》せっている太子の見舞いに、両親が霊芝《れいし》などの薬材を持参したという体だろう。

今日に限って間が悪い。

「これは魔王太子殿下。琰儿《イェンアール》も顔を上げよ。こんなところで会うとは珍しい。そなたらもわざわざ魔界から太子の見舞いにきたのか？」

「はい。父上こそ、御自ら東宮にお越しとは珍しいですね」

言葉に潜む小さな棘《とげ》には気づかなかったらしい。天帝は軽く笑って受け流した。

「新婚の居処に舅姑《きゅうこ》が入り浸る方が無粋だ。そうであろう、天后」

「ええ」

天帝に寄り添っていた天后が頷き、ふと訝しむように目を細めた。雨黒燕の背後で身を屈め、息を潜めていた天禄に視線を当てる。

「珍しいこと。陛下、太子殿下の騎獣がだれかを背に乗せているようです」

皆の視線を遮ろうと、紅琰はさりげなく前に出た。

「は…母上、これは……」

「貔貅が善意で病気の子供を運ぼうとしているのです。お気になさらず」

雨黒燕が強い口調で語尾を攫《さら》う。

だが、皆の視線はふたりを飛び越え、貔貅の背にうつ伏せる子供の姿に集中していた。

「東宮になぜ病気の子供が？」

「玄女娘娘ならばともかく、天禄は二殿下にすら指一本触れさせぬというのに」

「見ろ、横顔が太子殿下そっくりではないか。もしや隠し子では……」

「口を慎みなさい」

ひそひそと囁き合う従者たちを、天后がぴしゃりと黙らせる。

しかし、天帝の関心を逸らすことまではできなかったようだ。

「天禄、その者をこちらへ」

「………」

天禄は救いを求めるように紅琰を見たが、どうしようもない。

「なにをしている、早くせよ」

天禄は嘆息すると、先程のようにまた神獣から人の姿へと戻った。意識のない小月季を横抱きにし、重い足取りで紅琰たちの前を通り過ぎる。

（頼む……気づかないでくれ）

月季がこの年頃の頃、父と触れ合う機会はほとんどなかったと記憶している。他の者はともかく、父帝にだけは気づかれないかもしれない——一縷《いちる》の望みに掛け、祈るような気持ちで見守る。

だが、天禄の腕に抱かれた子供を覗き込むなり、天帝は驚愕の声を上げた。

「な……李、……季儿⁉」

――もはや、これまで。

紅琰は裾を払い、その場に跪《ひざまず》いた。

「申し訳ございません。すべて私の過ちです」

シン、とその場が静まり返る。

「……紅琰」

「はい」

思わず、緊張で声が掠れた。

天帝を欺《あざむ》くことはできない。

かといって、連理に口止めされている以上、正直に答えるわけにもいかない。

「どういうことか、申してみよ」

いつになく低い父帝の声に、冷や汗が浮かぶ。

紅琰は乾いた唇を舐め、ひれ伏したまま、慎重に言葉を選んだ。

「実は兄上…太子殿下は、ここ数日、魔界に……私の許にお忍びでいらしていたのです。

ただ、魔王宮に滞在中、何者かに襲われ、内傷を負われました。魔界は瘴気が強く、敵の正体もわからぬ故、天界にお戻りいただいた次第」

「天の太子が、魔界で襲われただと？　いったいどんな邪術の使い手に襲われたらこんな姿になるというのだ！　紅琰、そなたはその場にいたのか？　説明せよ！」

天帝は月季が魔界で何者かに襲われた結果、子供の姿になったと解釈したらしい。

成年の男神を子供の姿に変えてしまう『邪術』の使い手など、魔界どころか三千世界のどこを探しても見つからないだろう。連理が戻れば、いずれ真実を知ることになるだろうが、刺客の正体もわからないいま、泥を被るのは致し方ない。

「私も、どんな状況だったのかは、……」

「紅琰は直接、その目で見たわけではない。説明は俺がしよう」

雨黒燕の淡々とした声に、天帝は顔色を変えた。従者たちもみな息を呑む。

「雨黒燕……！」

黙っていろ、と紅琰が小さく首を振る。

だが、雨黒燕は臆することなく続けた。

「太子殿下は、宮内にひとりでいたところを何者かに襲われた。声を聞いて駆け付けたらこの状態だったのだ」

「曲者《くせもの》は捕らえたのであろうな？」

「曲者は逃走した。東宮の護衛が捕縛できなかったのは汗顔《かんがん》の至りだが、太子殿下の救助を優先した俺の判断は正しかったと思っている」

「言い訳としては都合が良すぎるではないか」

天帝の言葉に、雨黒燕の声が一段低くなる。

「……義父上はなにをおっしゃりたい」

「太子を襲った者が、そなたでないという証拠はあるのか、と聞いておる」

雨黒燕が答える前に、紅琰は膝をついたまま前に進み出た。

「父帝。雨黒燕は襲われた兄上を助け、怪我まで負ったのです。どうか誤解なさらぬよう」

「だとしても、太子のこの姿はどう説明する？　そなたの兄は戦神なのだぞ」

「それは……っ」

立ち並ぶ従者たちをちらと見て、紅琰は口籠もる。

連理に、罪罰を逃れようと言う意図はない。口止めしたのは、月季の身の安全と、体面を慮《おもんぱか》ったからだ。太子、それも天軍を率いる戦神が『玄鳥の卵』を飲んだという事実が公《おおやけ》になれば、後々、好奇の視線に晒される。紅琰が衆目の場で話していいことではない。

「だれかある！」

天帝の一声で、天兵たちが門の中に駆けこんできた。雨黒燕を取り囲む。

「燕儿！」

庇おうとした紅琰もまた天兵に阻まれ、悲痛《ひつう》な声を上げた。

「父帝！　なぜですか、彼は兄上を曲者から救ったのですよ!?」

「そなたの目で見たわけではないのだろう。こやつが嘘を言っていないという証はあるのか。負傷も自分で傷をつけたのかもしれぬ」

「笑止！」

それまで耐えていた雨黒燕が、いきなり高らかに笑った。全員の視線が彼に集まる。

「たしかに、俺は月季を嫌っている。やつが紅琰を虐げたからだ。だが、紅琰と婚姻したいま、義兄を襲うほど俺も愚《おろ》かではない」

「どうかな。琰儿の目を盗み、昔、季儿に斬りかかられた恨みを晴らしたとしてもおかしくはなかろう？」

「上帝陛下ともあろう方が、ずいぶんとこの俺を見くびってくれたものだ。些細な喧嘩《けんか》を五百年以上も引き摺るような器の小さい男だと思われていたとはな」

「雨黒燕！　……父上、どうか信じてください。もし彼が本当に手にかけていたら、兄上はこの程度ではすまなかったはずです」

必死に訴える紅琰を、天帝は憐憫《れんびん》と慈愛の籠もった目で見下ろした。

「信じたいそなたの気持ちはわかる。だが、考えてもみよ。よしんば、魔王太子が根に持たずとも、はたして魔王までが同じ考えだと言い切れるか」

「そ、……それは」

紅琰が眉を寄せ、口籠もる。

雨黒燕の無実は疑うべくもない。

ただ、月季を害そうとした犯人が魔王側の者でない、と言い切ることはできなかった。天界と魔界の友好関係は、あくまでも表向きの話であり、紅琰自身もまだ魔族から完全に信頼を得られたわけではない。

「以前より、魔王太子と季儿の折り合いが悪かったことは周知の事実。襲撃に遭った太子を見て、あわよくばと手を下したとしても不思議ではない」

天帝の言葉を嘲《あざけ》るように、雨黒燕は鼻で笑った。

「なるほどな、言われてみればたしかにそうだ。助けずに放っておけばよかった。天族を子供の姿に変えられる邪術とやらが俺に使えるなら、真っ先に義父上の脳袋を若返らせるのに」

「……天帝を愚弄《ぐろう》するとは」

「雨黒燕！」

腹が立つのもわかるが、挑発しすぎだ。

天帝はすっと片手を上げた。天兵に命令する。

「捕縛せよ。天の太子に邪術をかけ、亡き者にしようとした疑いで取り調べるのだ」

「父帝！　ご再考ください！　父帝！」

紅琰の叫びも虚《むな》しく、雨黒燕を取り囲む天兵の手から一斉に金色の光の鎖が放たれた。

辺り一面、目もくらむような霊光に包まれる。

「――くっ……」

なにも見えない。皆が目を覆う中、やがて光が引いていく。

「燕……」

目蓋を開けた紅琰は、目の前の信じられない光景に絶句《ぜっく》した。

雨黒燕の三首に、魔力を封じる枷が嵌《は》められていた。胴体には霊力でできた鎖が巻き付き、腕を一緒くたに縛り上げている。

「は……上等だ。もし俺が本当に月季を害した犯人ならば、魔力を奪われても文句はない」

怒りを通り越したのか、皮肉な笑みを浮かべて雨黒燕が吐き捨てる。

魔王の世子ともあろう者が、端《はな》から下手人《げしゅにん》と決めつけられ、謂《いわ》れなき屈辱を受けたのだ。凄まじい魔力を持つ彼ならば、天兵たちを消し飛ばすくらいのことはできただろう。そうしなかった理由は、父と夫の板挟みになる紅琰を案じているからに他ならない。

「よくぞ申した。調査が終わるまで、この者を天牢に」

「父帝‼　おやめください、彼は無実です！　公平にお調べください！」

紅琰は青ざめ、天帝の裾に取り縋った。

たしかに、雨黒燕が月季を嫌っていたのは事実だ。月季を襲ったという刺客の正体もわからない。『玄鳥の卵』の件を差し引いても、この場で潔白を証明するのは不可能だろう。

だが、これだけは確かだ。雨黒燕は紅琰を悲しませるようなことは絶対にしない。

「愚かな息子よ、そなたは愛で目が曇っているのだ」

憐れむように紅琰を一瞥《いちべつ》し、天帝は袖を振り抜いた。

「太医は残り、太子を診よ。余は戻って報告を待つ」

傲慢《ごうまん》に言い放ち、背を向ける。従者たちが後に従った。

「……父帝……！」

「琰儿、いまは控えなさい。真相は陛下が必ず調べてくださる」

這い蹲《うずくま》ったままの紅琰に手を差し伸べ、天后が囁いた。

母の手を避け、紅琰はひとりで立ち上がる。

「お引き取りを、母上」

「琰儿……」

わかっている。天帝の言うことに逆らわない、良妻賢母《りょうさいけんぼ》を絵に描いたような母。自分の味方をしてくれなかったからといって拗《す》ねるような年齢でもない。だが、いまは素直にその手を取る気にはなれなかった。

「身体を大事になさい」

天后が踵を返し、夫の後を追いかける。ふたりとも、小月季にはもう目もくれない。寄り添いながら去っていく両親を見送りつつ、紅琰は皮肉な笑みを浮かべた。

（兄上が昏睡していたのは、幸いだったかもしれぬな……）

愛妃が産んだ息子として、紅琰は昔から父帝に溺愛されてきた。

破天荒《はてんこう》だった独身時代、多少の規律破りをしても目を瞑ってもらえたほどに。

だが反対に、真面目だった月季は父から認められず、不遇の扱いを受けてきた。太子に冊封してからも、月季を息子として気にかける言動を見聞きしたことはほとんどない。

そんな父帝がなぜ、わざわざ東宮府まで太医を連れて見舞いに来たのか。それも、紅琰が小月季を天界に連れ帰った瞬間に、だ。

「早くしろ！　とっとと歩け！」

騒がしい声に、紅琰は振り返った。霊鎖でがんじがらめの雨黒燕を、天兵たちが引っ立てて行こうとしている。横暴《おうぼう》さに怒りを覚え、思わず花苞笄を抜こうとする紅琰を、兵士たちが必死に止めた。

「二殿下、お控えください！　剣を抜けば二殿下まで罪に問われますぞ」

「それがどうした。私が罰を恐れるとでも？」

「紅琰」

雨黒燕の柔らかい声に、紅琰は我に返った。雨黒燕が小さく首を振る。

やや間を置いて、紅琰は溜息とともに花苞笄から手を離した。天兵たちに釘を刺す。

「まだ、罪人と決まったわけではない。仮にも魔王の世子、丁重に扱わねばどうなるか、わかっていような」

「承、承知しました。どうぞこちらへ……」

天兵たちは紅琰の顔色を窺いながら雨黒燕を促した。拘引される雨黒燕が、すれ違いざまつと足を止め、紅琰に耳打ちする。

「今回の件、魔界には知られるな。問題が大きくなる」

「……！」

太古《たいこ》の昔、魔族の始祖となった神は魔力を修練したばかりに邪神と蔑《さげす》まれ、天界から追放された。魔族の不満は紅琰と雨黒燕の通婚を機に和《やわ》らいだものの、いまもなお火種は燻《くすぶ》っている。

天界で魔王太子が一方的に捕縛されたと聞けば、魔王も黙ってはいまい。万が一にも蜂《ほう》起《き》すれば、天界の天魔統一の大義名分にもなり得るのだ。

三界の平安が乱れることは雨黒燕も紅琰も望んでいない。

紅琰は冷静さを取り戻し、深く息をついた。

「わかった。そなたの無実を証明し、必ず助ける」

雨黒燕は頷き、おとなしく天兵に連行されていった。

天牢に繋がれてしまうと、罪が確定するまで会うことはできない。連理が泰山から戻るのが早いか、月季が昏睡から醒めるのが早いか。

連理のことだから、きっと何某《なにがし》かの解決策を得て戻るはずだ。月季が元の姿に戻り、刺客について証言してくれれば、雨黒燕の冤罪《えんざい》も晴れる。そうなることを祈るしかない。

「太子殿下をこちらへ渡しなさい」

「お断りですっ」

背後では、大事そうに小月季を抱いた天禄が太医と言い争っていた。

小月季はいま、心も体も幼児返りしている。連理が戻るまで、だれかが面倒を見なければならない。

「二殿下、この胡散臭いオジサンが無茶を言うんです。なんとかしてください」

「胡散臭いオジサンではない。二殿下、私は天后娘娘から、太子殿下を蘭鳳宮《らんほうきゅう》にお連れするよう仰《おお》せつかっております。義母としてお世話すると」

小月季の存在を、完全に忘れたわけではなかったらしい。

天后からの申し出を、紅琰はきっぱりと断った。

「いや、それには及ばない。精華宮にも侍医はいる。子供ひとりの世話くらい可能だ」

「しかし……」

蘭鳳宮に運ばれれば、太医を通じて天帝に玄鳥の卵のことが知られてしまう。連理からも、小月季の世話を他の者に任せるなと言われている。

紅琰は片手を上げて太医を黙らせ、天禄に歩み寄った。

「幼い頃、私は兄上によくよく面倒を見ていただいた。受けた恩は返さねばならぬ。私が世話をするべきであろう。母上にはそう申し伝えよ」

「二殿下！」

抗議を無視し、天禄から小月季を抱き取る。

「天禄は引き続き、東宮で留守を守れ。義兄上が戻るまで、私は兄上と精華宮に滞在する」

「……太子殿下をお救いできるなら、仰る通りに」

天禄がこくりと頷き、道を開ける。

小月季を抱えたまま、紅琰は術で精華宮に移動した。


一瞬で精華宮に戻った紅琰は、小月季を侍医に託すと、冬柏を魔王宮へと遣いにやった。

「魔王太子と妃はしばらく天界に滞在する、と伝えてくれ。探られたら新婚旅行だとでも言っておけ。太傅殿《たいふどの》がなんとか誤魔化してくれるはずだ」

天界が一方的に魔王太子を拘束した、などと知れば、一癖も二癖もある魔王がどう出るかは、火を見るより明らかだ。

その点、雨黒燕の師である太傅は穏健派で、機転が利く。紅琰の意図を読み取り、うまくことを治めてくれるだろう。幸い、魔王宮はいま、朝議のない時期で、しばらく天界にいたとしても不審がられずに済む。

紅琰は、落ち着かない気持ちで百華王の庭に移動した。咲き乱れる花々の間を歩きながら、これまでの出来事を反芻《はんすう》する。

狙ったかのように現れた天帝と、雨黒燕の捕縛。

天帝は、五百年以上も前の確執を理由に、雨黒燕を犯人と決めつけた。まるで最初から雨黒燕を捕らえることが目的だったようで、逆にひっかかる。天帝から「調査する」とは言われたものの、なにか裏があるのなら期待はできない。

それに、いま思うとおかしな点は他にもある。

東宮府であれだけの騒ぎになりながら、だれも連理の名を口に出さなかった。本来なら、天界の太子が魔王宮に滞在していた、という紅琰の言葉の真偽を確かめるため、連理に事情を聴くのが筋だろう。

（義兄上の不在を、父帝は知っていた……？）

もちろん、連理は碧霞元君の弟子だったのだから、師父に会いに泰山を訪れたとしても、不自然ではない。だが表向き、東宮は急病で閉關《へいかん》ということにしてあったはずだ。そんなときに、連理が月季の傍を離れることを疑問に思わなかったのだろうか。

「……………」

紅琰はこめかみを押さえ、溜息をついた。

考え過ぎは身体に悪い。少なくとも、連理から事情を聞けるまで、調査は終わらないはずだ。天界で療養すれば月季もすぐに目を覚ますだろう。

紅琰は種を宿した金色の牡丹の前で足を止め、まだ見ぬ子供たちに言い聞かせる。

「大丈夫、大丈夫だ。そなたらの父は強い」

雨黒燕は強いだけでなく優しい。月季を庇ったときに負った怪我は、悪化していないだろうか。容疑が晴れたら、このところ我慢させたぶん、甘やかしてやりたい。

――待っていてくれ。

祈るような気持ちで、紅琰は精華宮に戻った。


「どうなっているのだ、医王」

じきに目を覚ますと思われた月季は、精華宮でいまだ昏睡状態にあった。

紅琰が注いだ功力で内傷こそ癒えたものの、数日経っても一向に目醒める気配がない。

「わかりません。ただ、毒に中《あ》たった可能性が否定できず……」

「毒？　玄鳥の卵に毒があるなんて話は聞いたことがないが」

そもそも『玄鳥の卵』自体が伝説級の品であり、実物を目にしたことのある者はほとんどいない。飲み込んだ者はもれなく受胎《じゅたい》すると聞くが、飲んだのが男神の場合、神体にどういった変化をもたらすのかは未知の領域だ。

「私も、このような症例は初めてでして……玄鳥の卵が太子殿下の身体の中にあるのは確かなのですが、それが悪さをしているようには思えません」

医王と渾名《あだな》されるほどの彼も困惑しきりで、首を捻っている。

「引き続き霊力を与え、滋養《じよう》の薬を飲ませながら様子を見る他ないかと」

もし、原因が『玄鳥の卵』ではないのなら、問題はさらに複雑になる。

「わかった。この件は内密に頼む」

侍医という立場ながら紅琰の友人である彼は口が堅く、信頼できる相手だ。天帝に報告義務のある天宮の太医と違い、玄鳥の卵の件が外に漏れる心配はない。

医王を送り出し、小月季の寝顔を見守っていたときだった。

「二殿下！　大変です！」

焦った冬柏が駆け込んできた。青ざめた顔を見るやただ事ではないと察し、紅琰は侍医を下がらせる。

「どうした、冬柏」

「天帝が裁決を下されました。明日の朝、魔王太子殿下を処罰すると」

「馬鹿な！」

紅琰は思わず、立ち上がった。

「性急すぎる。いったいなんの罪で罰を与えるというのだ」

「天の太子を害した犯人と断定したようです。魔王宮で襲われたときの状況証拠に加え、月季殿下への強い殺意も明らか、よって魔王太子からすべての修為を奪う——と」

「横暴な……」

紅琰は血が滲むほど強く拳を握り締めた。

修為を奪われれば魔力は使えなくなる。魔族にとっては致命的だ。

——父上は、なにがしたいのだ？

小月季は昏睡したままで、刺客についての証言も取れていない。

連理もまだ天宮に戻っていないこの状況で裁決を下すなど常軌を逸している。

「二殿下、どこへ？」

「決まっている！　父帝のところだ！」

紅琰の袖を掴み、冬柏が必死に止める。

「いけません！　天帝は刑が終わるまで誰にも会わぬと仰せです。二殿下が直訴すればかえって逆効果です！」

「離せ！　ろくに調査もせず、処断ばかりやけに早いではないか。きっとなにか……」

——裏があるに違いない。

紅琰は動きを止め、続く言葉を飲み込んだ。

天帝の思惑――刑を急ぐ理由があるのだとしたら？

天界はいま、戦神を欠いた状態だ。魔界と戦争になれば勝てるとは思えない。だが魔王太子から魔力を奪えばたしかに力の均衡は取れる。

（まさか……そんな理由で……？）

揺るがぬ証拠も、有力な証言もない。もはや、月季を襲った真犯人を自ら捕らえて突き出すくらいのことをしなければ裁決は覆せないだろう。だが、真相解明には時間がかかる。

「時間を稼ぐか……あるいは、脱獄……」

物騒な呟きに、冬柏が慌ててシーッと人差し指を唇に押し付ける。

「冗談でも言葉は慎んでください。天界を永久追放されかねません」

「いっそ追放でもしてくれれば――」

紅琰は自嘲《じちょう》し、ふと真顔になった。

――追放？

「あの、それから、二殿下」

「……。まだ、なにかあるのか」

冬柏が、外を気にしながら声を潜める。

「さきほど、精華宮にお客様が……泰山府君《たいざんふくん》がお越しです」

その夜、紅琰は天牢を訪れた。

昔取った杵柄《きねづか》で、監視の目をすり抜ける腕にかけては右に出るものはいない。紅琰は牡丹の花びらに化身して空を舞い、牢番の天兵たちを次々と術で眠らせながら、雨黒燕が捕らわれている監房に辿り着いた。

雨黒燕は三首に枷を嵌められたまま、冷たい霊石の寝台に座っていた。

目を閉じ、やや俯いた彼の両腕は後ろ手に拘束され、両脚の枷は短い鎖で繋がっている。片方の足枷からは霊力を実体化させた鎖が伸び、その先の杭は壁に深々と打ち込まれていた。霊鎖はかろうじて寝台に座れる程度の長さしかなく、牢内を歩き回ることさえできない。

一体、彼がどんな重罪を犯したというのだろう？

物々しい刑具で拘束された姿に胸を痛めながら、紅琰は鉄格子をくぐり抜けた。

すれ違いざま、独房の前に立っていたふたりの見張りが、その場にずるずると座り込む。後から問い質されても、急な眠気に襲われたとしか答えられまい。

紅琰は化身を解き、ひらりと房内の床に降り立った。

「燕儿」

雨黒燕が頭を擡《もた》げる。

立ち上がろうとしたがすぐに鎖に引っ張られ、寝台に引き戻された。霊鎖が反応し、ばちばちと青い火花が散る。

「紅琰、会いたかった」

もどかしそうに紅琰を呼ぶ声には、思いの他、張りがあった。ほっとしたのも束の間、紅琰はすぐに表情を曇らせる。

(この霊枷……)

首に嵌められた枷は一見、ただの首輪のようだが、強力な術が掛けられている。少しでも魔力を使えば、四肢がバラバラになるほどの反動に襲われるだろう。

「燕儿、無理に動くな」

寝台に近づくと、雨黒燕の姿がよりはっきりと見えてきた。壁の天井近くに鉄格子の嵌った小さな天窓があり、そこから月光が差し込んでいる。

「怪我の具合は……？　少し、やつれたのではないか」

青白い光を背に、雨黒燕は余裕そうに笑った。

「ハハ、たった数日だぞ。俺を誰だと思っている。傷もほとんど治ったし心配ない」

過剰なまでの拘束は、天界がそれだけ雨黒燕の力を恐れている証だろう。紅琰でさえ、本気を出した彼をまだ見たことがない。

紅琰は静かに寝台に近づくと、雨黒燕の前で片膝をついた。彼の膝に手を置き、端整な顔を見上げる。

「すまない。私のせいだ。私が天界に連れてきたせいで、あらぬ嫌疑を……」

「謝るな。俺が勝手についてきたんだ、紅琰のせいじゃない」

紅琰を見つめる目はひどく穏やかだ。

いくら紅琰でも、この拘束を解くことはできない。無実を証明し、天牢から救い出すと言っておきながら、己の無力さが呪わしい。

「燕儿、これから言うことを、よく聞いてほしい。そなたは明日……処罰される。修為をすべて剥奪《はくだつ》し、魔力を奪う、と」

衝撃を受けるかと思ったが、雨黒燕はふ、と笑っただけだった。霊鎖を鳴らし、紅琰に自らの膝を視線で示す。膝の上に座れ、というのだ。

「燕儿、私は真面目な話を……」

「膝に座ってくれたら聞く」

子供のような物言いに、紅琰は軽く溜息をつきながらも従った。

大柄な男同士、横向きに膝に座っても甘い絵面にはならない。それでも、数日振りに恋しい男の体温を感じると、不思議なほど心が凪《な》いだ。

そっと手を伸ばし、雨黒燕の左肩に優しく触れる。治ったという彼の言葉に嘘はないらしい。痛がる素振りもないことに安堵しながら、なかなか本題を切り出せない。しばらく逡巡した後で、紅琰はようやく口を開く。

「燕儿。私が……そなたの命をもらいに来たと言ったら、どうする」

「喜んで差し出そう」

即答した雨黒燕に、思わず大きな声が出た。

「どうしてそんな簡単に……っ」

「当然だろう。そなたを信じているからだ。月季が魔王宮で襲われたとき、そなたが俺を微塵《みじん》も疑わなかったように」

二の句が継げない紅琰を見つめ、雨黒燕が微笑んだ。額と額を擦り合わせる。

言い訳も、大儀も求めない。雨黒燕にとって意味があるのは、信じる者の言葉だけだ。

ならば、恐れることはない。

「――で、俺はどうすればいい」

気遣いは無用とばかりに、雨黒燕の声は明るい。

紅琰は大きく息をつき。一言一言区切るように告げた。

「人界に……歴劫《りゃっこう》に行ってもらいたい」

神や菩薩《ぼさつ》は過去現在未来の三世において転生を繰り返し、あらゆる艱難辛苦《かんなんしんく》を経験する「歴劫」という修行を積む。つまり、人として世に生まれ落ち、寿命をまっとうするまでに味わう五毒、六欲、七情、八苦そのものが修行なのだ。

神体は天界に残したまま、神魂のみが人の身体に宿り、生をまっとうすれば修行は終わる。同時に神魂は天界に戻るが、人として生きた間の記憶は残らない。

魔族も元を辿れば天の神であり、理論上は歴劫という形での人界転生ができる。しかし、魔力の修練は天族のそれとは根本から異なるため、歴劫に行っても修為が増えることはない。つまり、ありとあらゆる七難八苦を味わうだけの苦行になるのだ。

「人界に魔魂を逃がし、潔白が証明されるまでの時間を稼ぐ……か。なるほど、考えたな」

たとえ天帝でも、魂の抜けた身体からは、なにも奪うことはできない。修為を剥奪されなければ魔力を失うことはない。下策ではあるが、いまはそれしか方法がない。

「だが、簡単にできる話じゃないだろう。誰かが協力を？」

「ああ。泰山が協力してくれた」

泰山は人間の生と死を司る。天族が人に転生する歴劫も例外ではない。

「神は人界での歴劫を終えると同時に天界に戻る。だが、天族と違って、戻れるという確証はない。そなたが人として死を迎えた瞬間、抜け出た魔魂を私が肉体があるところまで誘導する。うまくいくかどうかは、やってみないとわからない……それでも、行ってくれるか」

「ああ」

「なにが起きるかわからないのだぞ。それでも？」

「構わない。それが最善と紅琰が判断したのなら、俺は人界でもどこでも行こう。ただ、魔界には隠し通せ。両親に余計な心労をかけるだけだからな」

事の深刻さとは裏腹に、雨黒燕の声は淀みなく明るい。沈んだ紅琰をむしろ励まそうとしているようで、謝ることしかできない。

「……すまない」

「謝るなと言っただろ。俺が欲しいのは謝罪じゃなくて口接けだ」

ん、と顔を突き出してくる。

紅琰はもうなにも言えず、彼の首に腕を回すと軽く唇を触れさせた。離れる瞬間、雨黒燕が優しく囁く。

「父と夫の間で、つらい思いをさせたな」

「……っ……」

優しい言葉に、胸が締め付けられる。ふいに涙が出そうになり、紅琰は目を瞬いた。

天界の思惑や争いに関係ない雨黒燕が巻き込まれ、謂れなき屈辱を受けた。さらにまた、無事に戻れるかもわからない歴劫に送り出されようとしている。

恨み言をぶつけられて当然なのに、彼の口から出るのは他者を案じる言葉だけだ。

「必ず迎えに行く……だから、待っていてほしい」

込み上げるものを抑え、紅琰は再び口接けた。

「ン……」

唇を合わせ、舌を入れる。熱い吐息を漏らしながら、互いの唾液を交換する。湿った音と微かな喘ぎが牢内に響いた。

「ん、……は、っ……燕儿……」

最後にこんな口接けをしたのはいつだっただろう。

小月季を預かってからは、いい雰囲気になるたびに邪魔されて、枕を交わすどころではなかった。ようやく邪魔されず、ふたりきりになれた場所が天牢の独房だなんて笑えない。

「跨れ」

唾液に濡れた唇を舐め、上目遣いで雨黒燕がねだる。霊鎖のせいで、思うように紅琰の身体を抱くことができないことがもどかしそうだ。

紅琰は言われるままに雨黒燕の太腿を跨ぎ、身体を密着させた。息がかかるほどの距離で向かい合う。

「あの時とは、立場が逆だな」

五百年前――紅琰は毒に侵《おか》された身体のまま、奪われた記憶を求めて雨黒燕に会いに行った。だが侵入者として捕らえられ、魔牢に一晩繋がれたのだ。雨黒燕の〝荒療治〟は衆人環視の中で行われ、ふたりの情事を目撃した囚人たちは処刑されている。

「あれは……刺激的だった」

ちろりと口端を舐め、挑発する紅琰を、雨黒燕がさらにあおる。

「ああ。鎖に繋がれたそなたを立たせたまま、背後からひどく犯した」

ぐり、と股間を押し付けられ、紅琰は小さく声を上げた。わざわざ見るまでもない。硬くなったものが衣の布を持ち上げ、紅琰の下腹部に突き刺さっている。

「元気だな……」

「当然だ。あのチビスケに邪魔されて、ずっと蛇《へび》の生殺し状態だったからな。そういう紅琰だって、その気がないとは言わせない」

雨黒燕ほどあからさまではないものの、先程の口接けに紅琰自身も反応していた。足を開いて座っているため、隠しようがない。

紅琰は改めて雨黒燕を上から下まで見下ろした。後ろ手に拘束され、両腕はまったく使えない。脚は肩幅までしか開けず、体勢を変えることも容易ではない。

「紅琰……」

「いいだろう」

低く甘い声に、紅琰はあっさりと敗北した。雨黒燕の言葉通り、期待していなかったと言えば嘘になる。年下の可愛い夫君に求められて、嬉しくないはずはない。

雨黒燕の胸に手を置き、ゆっくりと撫で下ろしていく。衣の上から屹立《きつりつ》したモノに触れると、雨黒燕は小さく震えた。

「燕儿、悪いが時間がない。その代わり……今日はなんでもしてやる」

「天は慈悲深いな。死ぬ前にこんな素晴らしい御馳走《ごちそう》を味わえるなら、歴劫から戻れなかったとしても後悔はない」

「……」

「悪い、笑えない冗談だったな」

失言《しつげん》したと思ったのか、雨黒燕はすぐに謝った。目を潤ませた紅琰に頬を摺り寄せ、耳元に口接ける。

「俺は死なない。必ず紅琰の許に戻ってくる。だから……我が愛しの夫《つま》よ、自分で衣を脱いでくれないか」

紅琰は目許を拭い、雨黒燕を軽く睨んだ。

「少し、目と口を閉じていろ」

「それはできない相談だな」

「……我が君は、本当にいい趣味をしている」

紅琰は床に下り、少し離れたところで振り返った。

雨黒燕が見ている前で、白に金糸の刺繍《ししゅう》が施《ほどこ》された上衣を肩から滑り落とす。次いで、白い中衣の帯を解き、上衣の上に落とした。最後に内衣に手をかけ、ふと躊躇《ためら》う。

「どうした、紅琰。早く脱げ」

甘い命令に、紅琰はぎゅっと目蓋を閉じた。濡れた視線が纏わりつくのを肌で感じる。だが、躊躇っている時間はない。

羞恥心とともに、紅琰は内衣を脱ぎ捨てた。

ひんやりとした空気とは裏腹に、肌は燃えるように熱い。いままで幾度となく肌を重ねてきたが、こんなふうに目の前で一枚ずつ衣を脱いで見せるのは初めてで、意識するとぎこちなくなってしまう。かといって隠すのも却って恥ずかしい気がして、紅琰はぐしゃぐしゃに重なり合った衣の上に立ち、生まれたままの姿を彼に晒した。

「きれいだ」

うっとりと目を細め、雨黒燕が感歎する。

月光に照らされた裸体は、まるで肌自体が青白く発光しているような艶を放っている。此度《こたび》が見納めであるような——そんな目で見ないでほしい。

紅琰は裸足でひたひたと歩み寄り、再び雨黒燕の膝に跨る。袍の上質な絹地が内腿に触れ、自分だけがあられもない姿をさせられている事を嫌でも意識させられた。

「私の身体など、とっくに見慣れているだろう。そろそろ飽きてきたのではないか？」

「馬鹿を言うな。いつだって触れたくてたまらない。いまだって、こんなに……」

雨黒燕が腰を捩る。下腹部が密着し、布越しに情欲の証が押し付けられた。紅琰の生身の欲望が圧し潰される。

「……苦しい」

熱く掠れたひとことで、なにを望まれているかはすぐにわかった。

熱に浮かされたように、紅琰は下に手を伸ばした。張り詰めて窮屈になっている袍の前だけを器用に寛げる。すぐに雨黒燕のモノが勢いよく弾み出てきて、紅琰のモノとぶつかった。

「っ」

久々に触れた熱と質量に、紅琰は震える。期待と恐怖が入り混じった昂奮に支配され、脳が痺《しび》れたような感覚に陥った。天牢で行為に及ぶ罪悪感や、わずかに残った自制心も、きれいに消え去る。ただ、愛しい男に触れたくて、触れてほしくて、たまらない。

「燕儿……」

雨黒燕の肩に片手を置き、より身体を密着させる。自身の頂きからとろりと蜜が溢れ、雨黒燕のモノに絡みついた。卑猥《ひわい》すぎる光景に、雨黒燕の喉が大きく上下する。

「さわって」

耳元で囁かれ、紅琰はもう片方の手を動かした。愛しい伴侶《はんりょ》が望むままに、赤黒く筋を浮かせたモノを握り込み、ゆっくりと上下に擦り始める。

「は……っ」

喘ぎ交じりの溜息がどちらのものだったか、わからない。手の中で生き物のようにびくつくそれを、愛おしむように擦り上げる。頂きから流れ落ちた蜜が指に絡まり、くちゅくちゅと淫猥《いんわい》な音が獄房に響いた。

「紅琰、一緒に……」

ふと、項に視線を感じて顔を上げる。雨黒燕の欲に潤んだ瞳とかち合う。

目が合った瞬間、紅琰は吸い寄せられるように口接けていた。深く舌を絡め合いながら、雨黒燕のモノに自身を擦り付ける。先走りに濡れた指で性器を一纏めに包み込み、腰を蠢《うごめ》かした。手の中で互いのモノが擦れ合う。

「は、……っ、ん……っ」

息が苦しい。片手ではもの足りないのか、雨黒燕の腰が揺れている。

紅琰は肩に置いていた手を下ろし、性器の上に掌を優しく被せた。ぬるつく頂きを撫でながら、もう片方の手で幹を扱き上げる。とめどなく溢れる先走りが、濡れた音とともに動きを滑《なめ》らかにしていく。

「あ、……いい、……紅琰……っ」

雨黒燕が快感に身を捩る。

感度がいいのは久しぶりなせいもあるだろう。快感に悶《もだ》える様子に、紅琰もまた欲を掻き立てられる。気づけば雨黒燕の肩口に額を擦り付け、手淫に没頭《ぼっとう》していた。呼吸が荒くなり、快感が急速に高まっていく。

「は、は、っあ……っもぅ、……っ」

手の中で自身が大きく跳ねる。びゅくびゅくと幾度も噴き出した白濁が、雨黒燕の赤黒いモノに降りかかり、どろどろと汚していく。雨黒燕の肩口に顎をのせ、紅琰は小刻みに身を震わせた。放出の快感に頭の中が真っ白になる。

肩先に当たる唇の感触に、紅琰は目を開けた。気怠く身を起こすと、雨黒燕が微笑んで鼻先や耳元に接吻を降らせる。

「すまぬ、私だけ……」

雨黒燕はまだ絶頂に達していない。

自身の白濁でねっとりと汚れたモノを握り込む。ふたたび手を動かそうとする紅琰を、雨黒燕がやんわりと押し止めた。

「いい……中で出したい」

耳に息を吹きかけられ、一気に体温が上昇する。

短い言葉だけで、項が燃えるように熱くなった。牡丹の痣も、きっと真っ赤に染まっているだろう。

「いいだろう」

紅琰は腰を上げ、膝立ちになった。片手で雨黒燕のモノを掴み、位置を合わせる。久しぶりに受け入れる身体を気遣ってか、雨黒燕が制止した。

「待て。慣らさないときつい……」

「平気だ」

額への接吻で男を黙らせ、そのままゆっくりと腰を落としていく。もう片方の手を背後に回し、自らの指で後孔を押し開くと蜜が溢れ出た。とろとろと雫が太腿を伝い落ちる様に、雨黒燕の目は釘付けになる。

「まさか、紅琰……準備してきたのか？」

一瞬の沈黙ののち、紅琰は溜息交じりに囁いた。

「閨《ねや》で野暮《やぼ》なことは聞くなと教えなかったか」

術が効いているのは一刻の間のみだ。ぐずぐずしていると見張りの兵が目を覚ましてしまう。

「……ふ」

閨房術を教わっていた頃のことを思い出したのか、雨黒燕は短く笑った。それもそうだと首を伸ばし、紅琰の胸に口接ける。

「入れてくれ、俺を。紅琰の中に」

ささやかな月光に青みがかった白目がぎらりと反射した。捕らわれてなお気高さを失わない、凄艶《せいえん》な男の貌《かお》に鳥肌が立つ。

本当は、ずっと欲しかった。身体が疼いてたまらなかったのは自分の方だ。

紅琰は喉を鳴らし、太く逞しいモノを自身の後孔に宛がう。

「っ……う」

ぬらつく先端が粘膜に触れる。すぐに後孔が物欲しげに口を開け、吸いつくような動きを見せた。早く、ひとつになりたい。溜息のような喘ぎを漏らしながら、紅琰は貪欲《どんよく》に雨黒燕のモノを呑み込んでいく。

「は……あ……っ」

久しぶりに味わう大きさと圧迫感に身が竦む。だが既に一度達しているせいか、中は柔らかく充血し、痙攣《けいれん》しながら雨黒燕のモノを締め付ける。奥へ奥へと誘い込む蕩《とろ》けた粘膜の蠕動《ぜんどう》を、雨黒燕も愉しんでいるようだ。

「ふ……」

どうにか根元まで納めると、雨黒燕は感じ入った溜息を洩らした。もどかし気に腰を突き上げるそぶりをする。引っ張られた霊鎖がじゃらじゃらと音を立て、青い火花を散らした。

「燕儿、無茶をするな……っ」

片手で雨黒燕の肩を掴み、押さえつける。腹上死《ふくじょうし》してもらっては、しゃれにならない。

「なら、紅琰が動いてくれ」

猫のように口端を上げ、上目遣いでねだる。年下の男に紅琰は深く息をついた。こんなあざとい表情を見せるのは自分にだけだとわかっているから始末に負えない。

いま、自分の身がどれほどの危険に晒されているか、わからぬわけではあるまい。彼はこの状況を逆手にとって、楽しんでいるのだ。

――ならば、乗ってやるまでだ。

紅琰は唇を舐めた。雨黒燕の耳元に唇を寄せ、低く囁く。

「いいだろう。……犯してやる」

いつかの意趣返《いしゅがえ》しをしてやるのも悪くない。

紅琰は雨黒燕の首に腕を回し、腰を浮かせた。長大なモノがずるずると中の粘膜を擂り上げながら引き出される。大きく張り出した笠が粘膜を捲り上げ、いやらしい薄紅色をのぞかせた。

雨黒燕がごくりと喉を鳴らし、紅琰の顔を見上げる。紅琰は、わざと見せつけるように再びゆっくりと奥まで呑み込んだ。弾力のある先端が、はからずも敏感な個所に突き刺さる。微かな嬌声《きょうせい》とともに、半開きになった口の端から細く唾液が滴った。

「あ、ぁ……っ」

気持ちいい。内襞が雨黒燕のモノに絡みつき、絞り取るように蠕動する。

雨黒燕は歯を食い縛り、喉の奥から呻きを漏らした。引き締まった下腹部に力が入るのが衣の上からでもわかる。

耐えがたい快感に歪むこの顔が、もっと見たい。

紅琰は悦い場所に当たるよう、九浅一深《きゅうせんいっしん》を重ねていく。

「燕儿、っ……いい、か……?」

音を立てて抜き差ししながら、雨黒燕の顔を覗き込む。

「ああ、……っ」

受け入れているのは自分なのに、息を散らす雨黒燕こそまさに犯されているようだ。いつもと違い、主導権を完全に掌握《しょうあく》する快感に、紅琰は頬を上気させた。

「いい子だ」

両腕で雨黒燕の頭を抱え込む。

だが次の瞬間、紅琰は息を呑んで大きく震えた。見下ろせば乳首が真っ赤に充血し、周りの白い肌にくっきりと歯形がついている。雨黒燕が吸いつき、歯を突き立てたのだ。

「燕、燕儿……っ」

強すぎる刺激に、あやうく達するところだった。下腹部が痙攣し、勃ち切った花茎が蜜を垂らしながらひくひくと震えている。

「仕返しだ」

真っ赤に腫れた乳頭に舌を這わせ、雨黒燕が薄く笑う。そして、拘束された手を背後につくと、激しく腰を使い始めた。

「あ、あ、あ！」

紅琰は慌てて雨黒燕の肩にしがみつく。主導権を奪われ、ただ快感を享受《きょうじゅ》することしかできない。悦い場所を容赦《ようしゃ》なく突き上げられて、脳髄《のうずい》が白く焼き切れる。滑らかな喉を無防備に晒し、紅琰は喘いだ。

「紅琰、紅琰……愛してる……」

激しい動きに霊鎖が煩《うるさ》く鳴り響き、青い火花がふたりに降りかかる。もう、ほとんど膝に力が入らない。ただ絶頂に向けて駆け上がる。

乱れた髪に指を差し入れ、紅琰は愛しい男の顔を覗き込んだ。

「燕儿……忘れるな……一死七生《いっししちしょう》、私はそなた以外にだれも愛さぬ……」

首を下げ、雨黒燕の肩口に噛みついた。血が出るほど強く歯を食い込ませる。びくびくと筋肉が痙攣し、雨黒燕が甘く呻いた。

「……っ」

どく、どく、と自分の中で脈打つモノを感じながら、紅琰もまた達する。自分の鼓動と雨黒燕のそれが重なり、まるでひとつの心臓を共有しているような錯覚に陥った。

――離れたくない。このまま、ずっと繋がっていたい。

滲んだ血を舐め、断腸《だんちょう》の思いで離れる。赤い誓いの噛み跡が、盛り上がった肩にくっきりと浮かんでいた。

――この誓いの印を愛の証として、そなたを見つけよう。

雨黒燕の顎を捕らえ、もう片方の手で袖から丹薬《たんやく》を取り出す。いまだ愛欲に潤む瞳を見つめ、掠れた声で囁いた。

「離魂丹《りこんたん》を飲んだ後、そなたの魂は人界へと送られる。人として生きる間、雨黒燕としての記憶は失うが、恐れることはない」

雨黒燕は小さく笑い、頷いた。

「わかっている。どこに生まれ、なにもかも忘れても、俺はきっと、紅琰を愛する」

一死七生、何度生まれ変わっても、きっとまた出会い、愛し合う。

紅琰は頷き、丹薬を口に入れ、彼の唇を塞いだ。舌を差し入れ、唾液とともに丹薬を喉に落とし込む。雨黒燕は抗うことなく呑み込んだ。

名残《なごり》を惜しむように、唇が糸を引いて離れる。ふと思い出したように雨黒燕が言った。

「紅琰、左袖の中に入っているものをそなたにやる」

まるで最期に言い残すような台詞《せりふ》に、眉を顰《ひそ》める。

「死ぬわけじゃない。魂が抜けるだけだ」

「どちらも変わらぬ。……本当は、子供が生まれたときに、そなたに贈ろうと思っていた。俺が戻ったときに、……っ」

言い終わる前に突然、雨黒燕は身体をくの字に折った。みるみる顔色が白くなり、鎖を鳴らして身をのたうたせる。

「っか、は……っ」

離魂丹によって、魂が無理やり引き剥がされようとしているのだ。苦しむ雨黒燕を抱き締め、紅琰は必至に叫んだ。

「燕儿、必ず迎えに行く。どこにいても、記憶がなくても、私はそなたを見つける……！」

「っ……わかっている……俺も、紅琰を、っ……待っ……」

——待っている。

大きな痙攣とともに大量の血を吐くと、雨黒燕の首はがくりと落ちた。抱き締めた身体から力が抜け、真気が消えていくのを感じる。牢内に静けさが戻った後も、紅琰はしばらく雨黒燕を抱いていた。朝露のような涙が、頬を伝い落ちる。

賽《さい》は投げられた。

もう後戻りはできない。

紅琰は頬を拭って立ち上がり、自身の身なりを整えた。つらくても、悲嘆にくれる時間はない。雨黒燕の衣冠《いかん》を元通りにし、ふと思い出して左袖を探る。

「……箱……？」

入っていたのは掌に納まるほどの小箱だった。開けてみると、中には霊石から作り出されたと思しき指環《ゆびわ》があった。精巧な龍の彫刻が施され、触れるとほのかな光を放つ。おそらく、なんらかの法具であることは予想できるが、使い方がわからない。

「終わったか」

　ふいに独房に声が響いた。闇から溶け出たかのように、紺碧《こんぺき》の衣を纏った男が現れる。紅琰は素早く指環を嵌め、金冠と恐ろしい表情の仮面を着けたその男に恭《うやうや》しく拝礼した。

「泰山府君」

　その名の通り、彼は泰山の主にして、碧霞元君の父親にあたる。

　彼は紅琰たちを一瞥すると、おもむろに右手に捕縄《ほじょう》を召喚した。

　霊力そのものでできた捕縄は、肉体から魂だけを取り出すことができる。抜き取られた魔魂は淡い光を放ちながら、泰山府君の手に納まった。

「本当に、いいのだな」

「はい」

　紅琰が頷くと、泰山府君は左掌を上げた。空中に円を描くと、その中に池のような鏡のようなものが現れる。そこに抜き出した魔魂をぽちゃんと放り込むと、魔魂は魚のように素早く泳いで消えていった。

　泰山府君は軽く手を振り、その池を消し去ってから紅琰を振り返る。

「これで彼は人界に転生する。それにしても、よく説得できたな」

魔魂が人界に下りている間、空っぽの肉体は仮死状態のまま保たれる。だが歴劫が終わった後、魔魂を戻すことができなければ、いずれ肉体もろとも朽《く》ち果てることになる。

「……信じていますから」

紅琰は、自分に言い聞かせるように言った。

雨黒燕と出会う前の自分は、だれかを愛したことがなかった。子孫繁栄と愛を司る神は、愛した相手の裏切りで死に至る。命を懸けるほどの愛などないと思っていた。

でも、いまは違う。彼は紅琰を裏切らない。彼が紅琰を信じるように、自分も雨黒燕を信じている。もし元神が砕け散る事態になったとしても、雨黒燕を恨むことはない。そこまで思える相手を救うことができるなら、命を懸ける覚悟はある。

「天を裏切ることになろうとも、構わぬのだな？」

「はい」

天帝は、魔界側の力を削ぐ口実として月季の負傷を利用した可能性が高い。罪なき罪で雨黒燕から修為を奪おうとする行為を赦せるものではない。月季を襲った黒幕と、この一連の事件の真相を知りたい。できることなら白日《はくじつ》の下《もと》に晒したい。

「よかろう。聡明なそなたなら、なすべきことをなすだろう」

泰山府君はそう言って頷くと、袖の中から巻物を取り出した。

「噂の禄命簿《ろくめいぼ》ですか？」

「いや。冥界の閻魔にも情報保護と守秘の義務があるのでな。人として生まれる場所と寿命のみを禄命簿から書き写したものだ。彼が死ぬまでに〝偶然〟見つけ出し、死んだら魔魂を連れて戻るといい」

「お気遣いに感謝します」

紅琰は礼を言い、竹簡を受け取った。

禄名簿は、人間の一生、つまり寿命や在世での地位などを記したものだ。泰山府君の部下である司命《しめい》が、人界の人間ひとりひとりの人生を脚本のような形で執筆し、死んで冥府にやってくるまで厳重に管理している。

「人界での遊歴に慣れている二殿下ならご存知だろうが、人の運命を神が勝手に変えてしまうと恐ろしいことが起こるからな。あくまでも見守るだけにするのだぞ。人界に降りるときは牡丹に化身し、人前で霊力や術は使ってはならぬ」

「化身したままだと動けません」

「彼について回る気か？」

「いけませんか。私は彼の夫《つま》ですよ」

泰山府君は絶句した。紅琰を指さし、もの言いたげに首を振ってから嘆息する。

人界だろうが魔界だろうが、紅琰はこれまでありのままの姿で遊歴してきた。そう、見つからなければ咎《とが》められることもない、のである。

「まぁよい。とにかく正体が露見《ろけん》せぬよう、今回は死んだ人間と掏り替われ。人界では毎日だれかしら死んでいるから、死体さえ隠せばなりすましは難しくないだろう。間違っても人の記憶を弄ったりするんじゃないぞ」

「閣下、感謝いたします。ついでに私と容姿が似ている死体も紹介してくれませんか」

「まったく！　しれっと言いおって……そんな死体を都合よく用意できるとでも？」

「偉大なる泰山府君に不可能はないと、私は信じていますから」

目を白黒させている泰山府君に笑いかけ、紅琰は深々と拱手礼《きょうしゅれい》をした。

連理が碧霞元君に助けを求めたことで、父親である彼にも事情が伝わったのだろう。月季の見舞いという口実で、泰山府君が精華宮へと忍んで来た。少しでも真相を探ろうとしていたのだろうが、先に紅琰が渡りに船とばかりに相談を持ち掛け、泰山府君は司命に命じ、雨黒燕の転生後の人生を用意させてくれたのである。

やがて顔を上げた紅琰は、これまでとは打って変わった真面目な表情で言った。

「閣下こそ、どうして危険を冒してまで、協力してださったのです？」

冬柏の言葉から、魔魂を人界に逃がすことまでは考え付いたものの、あのタイミングで泰山府君が精華宮を訪れなければ、雨黒燕の歴劫は実現しなかっただろう。

「色々あるが……第一に、そなたは真実を知るべきだからだ」

泰山府君は考え込むように腕を組み、仮面の奥から紅琰をじっと見つめた。

「我ら天族が致身致命《ちしんちめい》とすべきは三千世界の平安を保つこと。天宮の争いに介入する気はなかったが、今回は泰山も火の粉を被ったのでな。――を止められる者がいるとしたら、そなたしかおらぬだろう。ふたりが無事に戻ることを祈っている」

最後に意味深な言葉を残し、泰山府君は来たときと同じように一瞬で姿を消した。

再び、天牢に静寂が満ちる。

（……止められる……？　天魔の争いのことか……？）

気になったが、考えている余裕はなかった。牢番たちにかけた術の効果がそろそろ切れる頃だったからだ。

来た時と同じように、牡丹の花びらに姿を変える。

ほぼ同時に、鉄格子の前で眠りこけていた見張りたちが目を覚ました。目を擦りながら立ち上がったひとりが、すぐに監房内の異常に気づき、大声を上げる。

「た、大変だ！　魔王太子が！」

にわかに騒がしくなり、駆けつけてくる牢番たちの声や足音が反響する。

彼らの足元を縫うように宙を舞い、紅琰は天牢を後にした。

禁固中の魔王太子が仮死状態となった件で、天宮は蜂の巣を突いたような騒ぎになった。

天帝がいくら怒ろうとも、刑は延期する他ない。

魔魂が抜けた彼の身体は氷の棺《ひつぎ》に入れられ、ひとまず太平間（霊安室）に移された。精華宮に移して欲しい、という紅琰の申し出は当然ながら却下されたが、そのまま牢《ろう》に放置するのも憚《はばか》られたらしい。時間を稼ぐことに成功した紅琰は、小月季の看病の合間を縫ってあるものを手に入れていた。

「二殿下、お戻りですか」

天宮から戻ってきた紅琰を冬柏が出迎える。留守の間の報告を受けながら月季の部屋に向かうと、ちょうど侍医が薬を飲ませ終えたところだった。

「二殿下」

「礼はよい。兄上はだいぶ顔色が戻ったようだな」

牀の縁に浅く腰掛け、寝顔を覗き込む。見たところ、年齢の後退も進んでいないようだ。

「三日前に二殿下が霊力を注いだ後、徐々に回復の兆しが見えてきました。意識ももうじき戻られるかと」

「よかった」

紅琰は少しだけ安堵した。この調子なら、連理が天宮に戻るまでに回復するだろう。

「引き続き、付き添いを頼む。なにかあればすぐに知らせよ」

紅琰は冬柏を伴って書斎に向かった。厳重に人払いし、扉の鍵を閉める。

「……そのご様子だと、成功したんですね」

紅琰の表情を見て、冬柏はすべてを察したらしい。

紅琰はにやりと笑い、乾坤袋《けんこんぶくろ》の口を開けた。

「当当当当《じゃじゃじゃーん》～！　見ろ、万里鏡《ばんりきょう》だ」

ふざけた台詞とは裏腹に、厳《おごそ》かな神気を纏った丸い鏡のような神器が現れる。冬柏は神器と紅琰を見比べ呆れと感心とが入り混じったような口調で言った。

「天宮の宝物庫からよく盗み出せましたね」

「人聞きの悪いことを言うな。借りてきたのだ。これを三维坤輿図《サンウェイこんよず》と組み合わせて使えば、天界にいながら随時、人界の燕儿を見守ることができる」

「監視の間違いでは……？」

冬柏が呆れた口調で突っ込んだが、紅琰は気にせず右手を伸ばした。掌を上に向けると、奥の書棚から黒塗りの長い箱がひゅっと飛んできて手の中に納まる。中身はむろん、霊獣・孟極《もうきょく》の皮で作られたという巻物、三维坤輿図だ。

独身時代、紅琰が遊歴を重ねる中で手に入れた珍しい神器のひとつで、四海九州《しかいきゅうしゅう》の地理が事細かく記されている。

紅琰は机卓の上に三维坤輿図を広げると、適当な場所を選んで万里鏡を載せた。刀印を結び、人差し指と中指の先から鏡面に霊力を流し込む。

「二殿下、私の目には地図の上に鏡を置いただけに見えますが」

「まぁ、見ていろ」

突如《とつじょ》、鏡が強い光を放った。空中に巨大な霊光の帘幕《スクリーン》が立ち上がる。しばらくの間、画面はぼやけていたが、やがて蠢く人々の姿が浮かび上がってきた。

「二殿下、これはもしや……」

「ああ、地図上の街の、現在進行中の情景だ」

万里鏡が映し出した映像は、どこかの活気ある街の風景だった。魚売りの日に焼けた顔、野菜を値切る端女《はしため》、糖葫蘆《タンフールー》をもって子供たちを追いかける母親などが鮮明に映し出される。紅琰が三維坤輿図《サンウェイこんよず》の上で鏡を動かすと、映し出される場所や人々も変わっていった。

「……ようするに、二殿下は天界から人界を覗き見なさるおつもりなんですね」

「人聞きの悪い。天界にいながらにして燕儿の居場所を突き止めるには、こうするしかないんだ。見つけたら、私が人界に下りるまでは見失わぬよう毎日監…いや、看視《かんし》する」

本当はいますぐにでも人界に下りたい。だが、連理に月季を引き渡すまでは天界を離れられないのだ。

「まぁ、いま行ってもまだ赤ん坊でしょうから……」

「天界と人界では時間の流れが違うんだぞ。そんなに余裕はない」

禄命簿の写しによれば、人として転生した雨黒燕の寿命は二十年。天界の一日は人界の一年に相当するため、二十日間の時間を稼いだことになる。

早速、紅琰は神器を使って雨黒燕の行方を捜し始めた。

転生した雨黒燕についていまわかっていることといえば、寿命と、転生した場所が大陸の北にある小国「蜀黍《しょくしょ》」という情報だけだ。

見た目も身分も、性別さえもわからない。

「泰山府君も案外ケチだな。もう少し、情報をくれても」

つい愚痴《ぐち》を零した紅琰の口を冬柏が慌てて指で塞いだ。

「シー！　本来なら、それだけでも漏らしてはいけない情報なんですから」

「もちろん、わかっている。だが……」

転生した雨黒燕が、人としての死を迎えるまでに見つけ出せなければ意味がない。

蜀黍は小国とはいえ、それなりに人口はある。その中から二十日間足らずの間でひとりを探し当てるのは大海の底に落ちた針を掬い上げるに等しい。

「今日は見つかりませんでしたね」

丸一日付き合ってくれた冬柏が目をしょぼつかせながら茶を淹れてくれる。

熱い茶をひとくち啜り、紅琰は長い指で目許を揉んだ。

「蜀黍の山間部、農村部、都……虱潰《しらみつぶ》しに探したが、それらしい者はいなかった」

二つの大国に挟まれた蜀黍国は気候が厳しい。国土には鉱山が多く、銅や鉄を産出する。

軍事力は高いものの、鉱山目当てに近隣から侵略を受け、辺境は常に戦が絶えない。

——運悪く、予定より早く死んでしまった……とか？

不吉な考えに身震いする。天族の歴劫と違い、魔族の人界転生はまったく未知の領域だ。なにが起きても不思議はない。

紅琰は寝る間も惜しみ、血眼《ちまなこ》になって雨黒燕を七日七晩探し続けた。最悪の事態を避けるためにも、なおさら諦めるわけにはいかなかった。

そして、八日目の夜。

神器を使って蜀黍国の王宮を覗いていたときに、ふと気になる子供を見つけた。年齢は七、八歳ほどで、どうやら蜀黍国の王子らしい。

（転生後の年齢とも合致する……それに、どことなく面影《おもかげ》があるような……？）

幼いながら整った顔立ちに、毅然《きぜん》とした佇《たたず》まい。薄い青の袍を身に着け、一人前に髪を緇撮《しさつ》に結い、玉の髪冠をつけている。いまは学問の最中なのか、師と思われる老人の前で詩経の一編を諳《そら》んじていた。

魂の形は少なからず外見にも表れるという。

紅琰は丸一日かけて、注意深く見守った。そしてとうとう、着替えのときに、彼の肩に歯形のような赤い痣があるのを見つけたのである。

「燕儿、そなたなのか……？」

紅琰は思わず立ち上がり、帘幕《スクリーン》に向かって手を伸ばした。だが、空中に浮かぶ映像は波打つばかりで触れるわけはない。

ここ数日、ぬか喜びしては落ち込む事の繰り返しだった。ようやく見つけた、という安堵と恋しさに目頭が熱くなある。

（これで、そなたとの約束を果たせる……）

人界に逃がされた雨黒燕は、蜀黍国の第一王子として生を受けていた。

ただし、王子とはいえ、父王が正妃を娶《めと》る前に手を付けた宮女が産んだ庶子《しょし》であり、母親は出産後に急逝《きゅうせい》している。現在は正妃に養育されているが、実際は乳母に任せきりのようだ。義母は一日も早く実の子を産むことだけを考えており、雨黒燕のことを構っている余裕はない。父王も雨黒燕を冷遇《れいぐう》こそしていないが、後宮妃たちの嫉妬《しっと》を無駄に駆り立てぬよう、嫡嗣《ちゃくし》ではない子供として一線を引いて接している。

蜀黍国では、母親の身分が賤《いや》しい庶子が王位を継承する確率は限りなく低い。へつらっても無駄だとばかりに、雨黒燕は侍女や宦官《かんがん》にまで虐げられていた。

天族ならばこれも修行の一環だと割り切れる。だが、魔族である雨黒燕にとってはなんの意味もないと思うと、不憫《ふびん》で胸が傷む。

その日も、雨黒燕は義母の侍女から高価な花瓶を割った罪を擦り付けられ、継母から罰を与えられていた。取り合ってもらえないのがわかっているのか、無実を訴えることもせず、命じられるまま外に出る。

すぐにふたりの宦官が、十字型の刑台と、木製の笞《むち》を抱えてやってきた。雨黒燕は無表情のまま、黙ってその台にうつ伏せる。

通りがかった宮人は見て見ぬふりで、だれも助けようとはしない。下手をすれば代わりに自分が罰を受けることにもなりかねないからだ。それをわかっているからか、雨黒燕はひとりで耐えている。

（幼いのに、諦めきった顔を……）

見ているだけで、心が引き裂かれそうだ。

笞を持った宦官が雨黒燕に近づくのを見て、紅琰は思わず印を結んだ。

いつのまにか、背後に冬柏が立っていた。

「二殿下、手出しはなりません」

「……まだ、なにも言っていないが」

「助けに行くつもりでしょう、顔に書いてあります」

「…………」

神仙はみだりに人の運命に介入したり、人界で霊力を使ったりしてはいけない。衆生《しゅじょう》の救済、もしくは天啓《てんけい》を授ける以外の目的で禁を犯した者は、その罪の大小に応じて修為を失うなどの反動を受ける。

「せっかく見つけたのなら、その日まで手出しせず傍観すべきです。この記憶も、消えてしまうのですから……」

神が人界に生まれ変わり、人として生きる間、天界での記憶はない。死して神魂が神の身に戻るとき、人間として生きた間の記憶を持ち帰ることもない。天族の歴劫では確かにそうだ。しかし――。

「……だとしても、だ」

多少の反動があったとしても、愛する者が目の前で傷つけられる様をただ座視《ざし》し続けるほうがつらい。

罰を受けるのが自分だけならば、喜んでこの身を差し出そう。

「二殿下！」

冬柏の悲痛な声が響く。

だが、紅琰の姿はすでになく、代わりに牡丹の花弁が床に散らばっていた。

内廷の中庭で、尻を剥かれた幼子が台上にうつ伏せている。死ぬ恐れもある背中への打擲《ちょうちゃく》でないだけまだましだが、子供の薄い皮膚《ひふ》なら三度も打てば皮が裂ける。しばらくは座るどころか、仰向けに寝ることもできないだろう。

笞が振り上げられる。いままさに折檻《せっかん》されようとした、そのときだった。

――バキッ‼

まだ臀部《でんぶ》に当たってもいないうちに、笞の先の板が真っ二つに折れる。それと同時に、打ち据えようとした宦官が悲鳴を上げた。顔を歪《ゆが》め、利き腕を抱えて座り込む。

「痛い痛い！　腕が、腕が折れたぁあ！」

「なにしてるんだ、このまぬけ。持ち方がなってなかったんだろ。あとで手当てしてやるから、そこで見てろ」

もうひとりの宦官が煩そうにあしらい、予備の笞を手に交代した。再び、雨黒燕を打ち据えようと振り上げる。だが、今度は振り下ろす前に笞が派手に砕け散った。折れた木片が空中で奇妙に向きを変え、宦官たちの顔に突き刺さる。

「ぎゃあっ」

「化け物だ！　この笞には怪異が憑りついている！」

血塗れの顔を押さえ、這這《ほうほう》の体で走り去るふたりを、雨黒燕はぽかんと見ている。だが、しばらくして、もうふたりが戻ってこないとわかると台から降り、乱れた衣を整えた。

傍らに散らばる笞の残骸《ざんがい》を恐る恐る覗き込み、木片を足先でちょんと蹴っては、離れたところから様子を窺う。怖いくせに興味津々の所作が子供らしい。

「大丈夫だったか？」

紅琰が柱の影から姿を現すと、雨黒燕はびくっと振り向いた。

思わず声をかけてしまったが、今生《こんじょう》の彼と顔を合わせるのはこれが初めてだ。

「……あなたは、だれ？」

一歩後退り、警戒しながら雨黒燕が訊ねる。

――ああ、まさしく燕儿《そなた》だ。

外見がどうあれ、中身は変わらない。魂から愛する者の気を感じ取り、心が震える。

「怖がらなくてよい。私はそなたを愛…いや、見守っている者だ」

「………」

嘘ではないが、その言葉は彼をもっと警戒させてしまったらしい。強張った顔のまま、その場に固まっている。

紅琰は苦笑いし、雨黒燕に近づいた。膝をつき、木屑《きくず》や砂を払ってやる。

「怪我しなくてよかった。いつも、こんな扱いを？」

「……うん」

「そうか。やってもいない罪を被せられて、悔しかっただろう」

戸惑いで固まってしまった子供に、微笑みかける。

人として生きるいまの彼は、初めて魔王宮で会った時よりも小さい。そのせいか庇護欲を掻き立てられる。

おずおずと、雨黒燕が口を開いた。

「見かけない顔だけど、あなたは……」

どこからともなく現れたこの男が、自分に害を与えるものではないと理解したらしい。警戒心を解き、紅琰をじっと見つめる。

「……もしかして、父上の新しいお妃様？」

幼い子供はときに突拍子もない勘違いをするものだ。

紅琰は肩を震わせ、笑いを堪えながら否定した。

「いいや。なぜ、そう思ったのだ？」

「だって、後宮のどの女人よりも美人だし、いい匂いがするから……。違うの？　じゃあ、もしかして仙女？」

意表をつかれ、紅琰はまじまじとあどけない子供を見つめた。天界では鮮美透涼《せんびとうりょう》、男神《イケメン》と誉れ高い百華王を捕まえて、〝仙女〟とは。

（さすがは我が夫君……）

雨黒燕がこの記憶を持ち帰れないのが口惜しい。

愛おしむような、困ったような紅琰の表情に、雨黒燕はなにか勘違いしたらしい。急に目を輝かせ、声を潜めた。

「……当たり？」

「さぁ、どうだろう」

紅琰は笑って立ち上がった。

天界の神が人の運命に介入することは禁じられている。相手は子供だから、自分と会ったこともすぐに忘れてしまうだろうが、長居は禁物だ。

「告発した侍女の中に、花粉が衣についている者がいるはずだ。百合の花粉は落ちにくい。その侍女が犯人で間違いないから、なにか問われたらそう答えるといい」

「なぜ百合だとわかる？」

「匂いだ。百合の匂いがした」

「ふぅん……？」

納得したような、していないような顔で、雨黒燕がじっと見つめてくる。

まずい。これ以上、ここにいたら天界に連れ去ってしまいたくなる。

「じゃ……」

「もう行っちゃうの？」

ぎゅっと袖を掴まれ、紅琰はあまりの尊さに倒れそうになった。

どうにか自分を落ち着かせ、紅琰は再びその場に膝をつく。そして袖の中から赤い牡丹の花を取り出すと、子供はまるで大道芸でも見るような目で「わぁ」と口を開けた。

「きっとまた会える。その約束として」

子供は深く頷き、宝物のように牡丹の花を受け取った。

「約束だよ、仙女」

遠くから「大殿下《ダーディエンシア》」と呼ぶ声が聞こえてきた。宮内で、だれかが探しているようだ。

見つかる前に、紅琰は優しく彼を促した。

「さ、お戻りを」

「……うん」

雨黒燕は名残惜しそうな表情をしながらも歩き出した。

途中、ふと思い直したように振り返る。

だが、すでに紅琰の姿は幻のように消えていた。


天界に戻った紅琰は、案に違わず、かなりの修為を失っていた。

そのような状態で月季に霊力を与えれば、身体が弱るのは当然だろう。それから数日の間、紅琰は牀《とこ》に臥していた。人界の雨黒燕を見守ることだけは続けたかったが、万里鏡を扱うにも霊力を消費するため、長くは見ていられない。

焦る紅琰をよそに、雨黒燕は成長とともに馬術や武器の扱いを覚え、武術の腕を磨き、やがて軍に入った。十二歳で初めて戦場を経験し、ときに大怪我を負ったりしつつも、国の辺境を護って生きている。敵の返り血を浴びながら馬を駆る彼の姿に、侍女や宦官にまで虐げられていたひ弱な子供の面影はもうない。

ただ依然として連理は戻らないまま、気を揉む日々はしばらく続いた。

「二殿下、少しよろしいですか」

朝、月季を診ていた侍医が、いつになく神妙《しんみょう》な顔で寝所を訪れた。

「太子殿下が目を覚まされました」

「！」

慌てて起き上がろうとした紅琰を、付き添っていた冬柏が止める。

「いけません。いまは太子殿下のお見舞いより、休息を取ることを優先せねば」

「そうだぞ、二弟」

金糸の刺繍が入った白衣を纏い、金の髪冠をつけた小月季がしっかりとした足取りで入ってくる。すぐ後ろから、人の姿をした天禄が小さな主を護るようについてきた。月季が目覚めたという知らせを受け、文字通り東宮から飛んできたらしい。

「兄上」

「太、太子殿下」

冬柏が慌てて席を立ち、どう呼びかけるべきか迷いながら拝礼する。

「礼はよい。二弟はそのままで」

「兄上のお気遣いに感謝を」

小月季は架子牀《かしょう》の端にちょこんと座ると、小さな手で紅琰の手を取った。

「二弟、具合は？　連理媽に頼まれたとはいえ、倒れるほど霊力をくれずともよい。兄はそなたをこそ案じている」

見た目こそ幼いながらも、しっかり兄の顔をしている。過去に戻ったような錯覚を覚え、紅琰は懐かしさと同時にくすぐったさを感じた。

「平気ですよ。兄上こそ、回復されて良かった。お守りできず、申し訳ありません」

「心配ない。瘴気に当たって少し長く寝ていただけだ」

「……瘴気？」

「私は魔界の瘴気に当てられて倒れたのだろう？　侍医からそう聞いているが」

話が微妙に繋がらず、違和感を覚える。だが小月季は至って真面目だ。

（まさか、襲われたことを忘れている……？）

困惑しながら周囲を見回すと、すかさず侍医が目配せする。いまはこのことに触れないほうがよさそうだ。天禄がそっと月季の傍に寄る。

「太子殿下、病人を疲れさせてはいけません。元気なお顔は見せたのですから、もう」

「そうだな……。二弟、しっかり養生するのだぞ」

「はい、兄上」

月季がこの年齢の頃、天禄とはまだ出会ってもいない。それでも素直に言うことを聞くところを見ると、月季の新しい侍衛《じえい》とでも説明してあるのだろう。

ふたりが退出すると、紅琰は侍医に状況を訊ねた。

「兄上はいったい、どういう状態なのだ」

「それが……どうやら襲われた前後の記憶がすっぽりと抜けているようなのです。二殿下が寝込んだのも、霊力を自分に与えすぎたせいだと思い込んでいるようで。惑乱を避けるため、あえて訂正しませんでした」

紅琰の表情が曇った。

やはり、魔界で自分が襲われた記憶だけが消えているのは確からしい。襲撃によほど衝撃を受けたのか、それとも幼児退行に伴う作用か。当然、刺客の顔も覚えてはいまい。

「二殿下、あまり気を落とされませんよう。太子殿下はいま、神体も心も退行しており、普通の状態とは言えません。身体が元に戻れば、子供の姿で過ごした期間の記憶も含め、すべてを思い出すこともあり得ます」

小月季は、魔界で自分を襲った者の顔を見ている可能性が高い。よしんば、正体までは分からずとも、天帝の前で雨黒燕が犯人ではないと証言してくれれば、容疑の半分は晴らせたはずなのに。

「うまくいかぬな……」

紅琰は溜息をつき、侍医を下がらせた。

連理が天宮に戻ったという知らせが入ったのは、それからさらに数日後のことだった。

碧霞元君と、彼女の弟子のひとりである培始娘娘《ペイシーニャンニャン》玄毓穏形元君《げんいくいんぎょうげんくん》を帯同《たいどう》しての帰還らしい。

天帝からの招集を受け、紅琰は月季を連れて急ぎ参内《さんだい》した。

「上帝陛下に拝謁いたします」

白玉の柱が立ち並ぶ正殿の広間で、玉座に御座《おわ》す天帝に拝礼する。

「うむ。顔を上げよ」

「感謝いたします、父帝」

紅琰と並び、小月季が緊張した面持ちで顔を上げる。

心身が退行してから、父とまともに顔を合わせるのは今回が初めてだ。

正殿の広間は厳重に人払いされ、離れた場所に碧霞元君と玄毓穏形元君、その背後には連理の姿が見える。連理は最後に会った時よりも明らかにやつれていたが、白皙に落ちる疲労の影はその美貌を損なうどころか、却って凛々しさを際立たせていた。

「泰山娘娘、玄女娘娘、培始娘娘」

身体の向きを変え、紅琰は三人にも丁寧に挨拶した。

戻るまでに、これほどの時間を要したのだ。きっと『玄鳥の卵』に関しての解決策を見つけられたのではと期待が高まる。玄毓穏形元君は胎児《たいじ》を加護する女神だから、『玄鳥の卵』の情報に通じていてもおかしくない。

小月季も紅琰に倣い、小さな手で拱手した。

「泰山娘娘、培始娘娘……」

本来、夫《つま》の師父という立場で接するべきだが、いまの月季にとって碧霞元君は、蟠桃会《ばんとうえ》で面識がある程度の相手だ。優しい碧霞元君は、月季の姿形にも他人行儀な挨拶にも動じることなく、花顔《かがん》をほころばせて拝礼した。

「太子殿下、二殿下。ご機嫌麗しゅう」

後ろにいる玄毓穏形元君も、しなやかな身体を傾けて拝礼する。裾の長い薄桃色の衣に、纏いつく領巾《ひれ》がふわりと揺れ、なんとも優雅だ。

「……そして連理嫣、お帰りなさい」

一番最後に連理の名を呼んだ小月季が、顔を上げてはにかむ。天帝の御前ということも忘れたのか、連理は一瞬で彼の傍らに移動した。

「殿下……！」

白い床に膝をつき、頬擦りせんばかりに抱き締める。

「よくぞ無事で……陛下から、魔界で襲撃に遭ったと聞いたときには胸が潰れるかと」

魔界で襲われた小月季が、記憶の一部を失ったことは天帝にも報告済みだ。帰還した連理にも、それはきちんと伝わっているらしい。

月季のことを、あれほど頼まれていながら守り切れなかった。あとで謝らねばならない。

再会を喜び、抱き合うふたりに、天帝がゴホンと咳払いする。

「太子も来たことだ。さあ、診てやってくれ、玄毓穏形元君」

「は……はい。では、太子殿下、失礼いたします」

玄毓穏形元君がどこかおどおどしながら小月季の前に進み出た。元から華奢《きゃしゃ》でたおやかな印象の彼女が、今日はさらに縮こまっているように見えるのは、気のせいだろうか。

腕を取り、注意深く彼の神脈を調べる。

やがて、玄毓穏形元君は手を離すと、天帝に深々と拝礼した。

「恐れながら、太子殿下のお姿の変化と『玄鳥の卵』は、無関係であると思われます」

「――なんだと？　それはまことか⁉」

天帝が『玄鳥の卵』という言葉に動じていないところを見ると、どうやら紅琰が参内する前に、連理から上奏《じょうそう》があったようだ。

「はい……間違いございません」

玄毓穏形元君が、どこか浮かない顔で答える。

安堵の溜息とともに、連理が倒れるように床に片膝をついた。

「大丈夫ですか、義兄上」

駆け寄った紅琰を見上げ、連理が大丈夫だと首を振る。

「平気だ、すまない。ずっと……私のせいだと思っていたから、つい……」

連理は泣き笑いのような表情で、小月季を抱き締める。

早く、雨黒燕と再会したい。ふたりを見ていると、その思いが強くなる。

「『玄鳥の卵』が原因ではないのなら、なぜ太子はこのような姿になったのだ！」

天帝が玉座の肘掛を強く叩く。激しい音に、玄毓穏形元君がビクリと肩を竦ませた。しばらく躊躇った後に、歯切れ悪く答える。

「恐れながら……原因は、薬、いえ……毒……に、中《あ》たったせいだと……」

天帝が腰を浮かせた。

「いま、なんと」

「太子殿下が毒に侵されていると申しました」

碧霞元君が代わりに答える。束の間、謁見《えっけん》の間は静まり返った。

天帝と同じく、連理も大きく目を見開いたまま言葉を失っている。偶然にも、双方を口にした時期が重なったために、連理が早合点《はやがてん》したのも無理はない。医王の話を聞いていなかったら、紅琰とて同じ反応をしていただろう。

「連理媽……私は、死ぬのか？」

大人たちの反応を見て不安に駆られたのか、小月季が不安そうに小声で訊ねる。

連理は、はっと我に返った様子で首を振った。

「大丈夫だ。そなたは毒などでは死なぬ。私が身代わりになってでも助けてみせる」

気丈に振る舞いつつも、度重なる心労で顔色は紙のように白い。立ち上がろうとしてふらりとよろけた連理を、紅琰は背後から支えた。

「義兄上、兄上を連れて退出なさいませ。詳細は後からお知らせしますから」

「いや、しかし……！」

躊躇う連理に小声で囁く。

「魔王宮では兄上をお守りできず、申し訳ありませんでした。ただ、記憶の一部を失った兄上に、これ以上の刺激を与えるのもどうかと……、よろしいですね、父帝」

天帝もそれどころではないらしく、掌で額を覆ったまま、鷹揚《おうよう》に手を振った。自分のことは二の次にする連理も、小月季を引き合いに出されれば従わざるを得ない。

連理が小月季を伴って退出すると、広間には天帝と紅琰、そして泰山の女神たちだけが残った。

「なんということだ……」

天帝は眉間を押さえ、深々と溜息をつく。

宮中は人の出入りが多く、毒を盛った犯人を探し出すにも時間を要する。心身ともに退行したいまの月季に、当時なにを口にしたのかを訊ねても詮無《せんな》いことだ。

「父帝、精華宮で兄上を診ていた医王も、毒に中たった可能性を指摘しておりました。不確定のため、報告はしませんでしたが……お疑いなら天宮の太医を呼んで確認させますか」

天帝は眉間を押さえたまま、微かに首を振る。

「いや、よい。医王も同意見であるなら、わざわざ太医を呼ぶまでもない。玄毓穏形元君、どんな毒かまではわからぬのか」

「いえ……先程、診た限りでは……、胎……、胎……」

「はっきり申せ、玄毓穏形元君」

玄毓穏形元君が震えながら声を絞り出す。

「胎崩丹《タイボンダン》、でございます」

その名を耳にした途端、天帝と紅琰は顔を見合わせた。

胎崩丹――数十種類もの霊草から精製される、天界の禁毒。そして、紅琰を懐妊中だった百華仙子《ひゃっかせんし》が、前天后から盛られた流産薬だ。

大昔、玄毓穏形元君が安胎薬を調合中に、偶然練丹《れんたん》されたそれは、男児を懐妊中の女神が服用すると、たちまち胎児の成長が退行し、流産に至るという恐ろしい毒だった。

霊薬の練丹に失敗し、毒が練成される事故はまれにある。その場合、調合された毒は、後の憂《うれ》いに備え、解毒薬の処方ができるまでは破棄できない。彼女はその毒を胎崩丹と名づけ、泰山の決まりに従い、解毒薬の処方を開発するまで薬庫に保管していた。

だが、友に会いに泰山を訪れた前天后がそれを盗み出し、当時、側妃だった百華仙子の安胎薬とすり替えた。

届けられた薬を口にした百華仙子は血を吐いて倒れ、天帝は徹底した調査を命じた。ことが明るみに出ると、前天后は罪を認め、実子月季の命乞いをして処刑されている。どうにか流産を免《まぬが》れた百華仙子は天后に封じられ、紅琰を産んだ。

ことが収束したいまも、前天后が嫉妬から側妃の胎児暗殺を謀《はか》ったという大事件は、天界を揺るがした大醜聞《だいしゅうぶん》として語り継がれている。

「なぜ、そのようなものがまだ存在するのだ！　すべて処分するよう命じたであろう！」

天帝の怒声が響き渡る。

たしかに、前天后の処刑後、胎崩丹《タイボンダン》はその処方ごと破棄された。以後、天界の禁毒として、その名を口にすることさえ憚られている。

「恐れながら陛下、私も確かに処分したと……」

「ではなぜ、もうこの世に存在しないはずの禁毒が東宮を害するに至ったのか、説明せよ！」

天帝の怒りが正殿の空気をびりびりと震わせる。玄毓穏形元君は震えあがったが、碧霞元君はさすがというべきか、落ち着いた様子で拝礼した。

「陛下、お鎮まりを。まだ、泰山の過失と決まったわけではございません。胎崩丹は、たしかに陛下からご命令があった時点で処分させております。手違いがあったとするなら、それ以前に……」

「玄毓穏形元君には前科がある」

前科という厳しい言葉に、玄毓穏形元君はビクリと肩を震わせた。碧霞元君がまたなにか言う前に、天帝の前で跪く。

「たしかに……前回は私が保管していた胎崩丹を盗まれました。多忙にかまけ、気づくのが遅れたこともまた事実……ですが、すべて処分した薬が盗まれ、太子殿下を害したとは……私にはどうしても、そこが解せないのです……」

玄毓穏形元君には過去、多忙であるがゆえに胎崩丹の管理をおろそかにし、大きな災《わざわ》いを招いた。二度と同じ過ちを繰り返さないよう、気を付けていたはずだ。

――彼女もきっと「まさか」という思いで天宮に来たのだろうな……。

紅琰は内心、納得する、
玄毓穏形元君は、いわば天界の小児専門医だ。連理から月季の状態を聞き、原因が玄鳥の卵ではないとすぐに気づいたのだろう。原因を調べるうちに、昔誤って作った毒の作用に思い当たったのではないか。連理がなにも知らされていなかったのには驚いたが、なにか訳でもあるのだろうか。

「胎崩丹は、玄毓穏形元君の霊力によって練丹される。ゆえに、彼女が作り出したものしかこの世に存在しない。たとえ処方が流出したとしても同じ薬にはならない。以前、そなたはそう申したな」

「その通りでございます……あれ以来、誓って胎崩丹は調合しておりません」

床に伏したまま、玄毓穏形元君が消え入りそうな声で答える。

言い分はどうあれ、月季が毒された事実は変わらない。一度ならず二度までもとなれば、謹慎程度では済まないだろう。雷刑か修為の剥奪、下手をすれば天界追放もあり得る。

張り詰めた緊張感の中、ふいに先ぶれの声が響き渡った。

「天后娘娘のおなり――」

ほぼ同時に、全員が振り返る。

大きく開かれた扉から、天后が衣の裾を引き摺りながら入ってくる。かつて禁毒を盛られた被害者本人の登場に、その場の空気はさらに凍りついた。

「母后」

「天后娘娘」

歩くたびに、天后の艶やかな髪に挿した歩揺《ほよう》がしゃらしゃらと音を立てる。

側妃に甘んじた時代は百華仙子にとって屈辱の日々であり、ことに胎崩丹《タイボンダン》の件は思い出したくもない話に違いない。怒り狂っていたはずの天帝も気まずそうに口を閉じ、後は任せたと言わんばかりだ。

天后はゆっくりと高座《こうざ》に上がった。玉座から一段低い席に腰を落ち着け、首を垂れる者たちを見回した。

「礼は免じる。泰山娘娘、太子があのような姿になったのは、毒を盛られたせいとか」

——扉の外で聞いていたのか。

天后の単刀直入な物言いに、碧霞元君が感情を消した声で答えた。

「おっしゃるとおりでございます」

この世のすべての仙狐を統括し、その美貌と膨大な修為たるや、西王母《さいおうぼ》をしのぐほどとも言われる碧霞元君には独特の凄みがある。

天后はふ、と皮肉な笑みを浮かべ、呟いた。

「胎崩丹とはまた懐かしい。男神にこのような作用をもたらすとは知らなんだ」

「……。妾《わたくし》もです」

「妾の胎《はら》にいた紅琰が女子であれば、毒を盛られたことにさえ気づかなんだやもしれぬな」

「天后娘娘、ご冗談を」

「冗談ではない。そもそも、そなたの弟子が『玄鳥の卵』などという得体《えたい》のしれぬものを天の太子に飲ませたことから今回の騒ぎとなったのだ。陛下、この罪は……」

矛先が連理に向かおうとしているのを察知し、紅琰が声を上げた。

「父帝！　それは東宮が後継をもうけるという使命を果たさんとしたこと。玄女娘娘も、まさか兄上が胎崩丹を盛られたなどとは思わないでしょうから、勘違いしたのも無理はありません。その後の行動も夫を想うがゆえ……。どうか罰などお与えになりませんよう」

碧霞元君も、ここぞとばかりに助け舟を出す。

「僭越《せんえつ》ながら、二殿下の仰った通り、我が弟子・九天玄女がすぐに気づいて対処しなければ、いまごろ太子殿下は神体ごと消滅していたはず」

「九天玄女は泰山出身であろう。太子に胎崩丹を盛ったのが彼でないと言い切れるのか」

「天后娘娘。お言葉ですが、九天玄女は泰山を離れて久しい。念のため、胎崩丹のことは内密にしたまま天宮に参りました。先程の反応を陛下もご覧になったはず。九天玄女は毒のことをまったく知りませんでした。関わっていないと断言できましょう」

「しかし……！」

天后の言葉を強引に遮り、碧霞元君は天帝に視線を向けた。

「話を戻しましょう。陛下、お怒りはごもっともです。ですが、陛下のいま一番の気がかりは、元通り、太子殿下が帝位を継げる状態に戻れるか否かでは」

「……当然だ」

天帝がようやく口を開いた。

現在、天帝の地位を継げる男神は月季のみだ。戦神を継げる者はいるかもしれないが、太子に代われる者はいない。いま天帝の身になにかあれば、天界は存続の危機に陥る。

「英明なる陛下ならば、おわかりでしょう。もし、太子殿下のお姿がこのまま……あるいは退行する一方であるなら、そのときは……」

一同の視線が自然と紅琰に吸い寄せられる。

――え？

「咳咳《コホン》！」

急に天后が咳払いした。仕切り直すように尋ねる。

「して、碧霞元君。解毒薬はあるのか？」

「残念ながらございません。禁毒の廃棄と同時に、解毒薬も処分しております。ただ……」

「ただ？」

天后の蛾眉《がび》がピクリと上がる。

「解毒薬の処方は玄毓穏形元君の頭の中にございます。薬材さえ揃えば、すぐに調合できるでしょう。追及すべきは、だれが、いつ、なんのために、この禁毒を太子殿下に盛ったかですが……」

「どうせ魔族の仕業だろう。魔王太子がきっと裏で糸を引いているのだ」

「父帝！」

魔族が、だれにも知られず泰山の薬庫に侵入するのは限りなく不可能に近い。万が一、盗み出せたとしても、東宮には九天玄女がいる。月季自身も戦神であり、不審な者が入り込む余地はない。

「兄上は魔王宮にいらした時点で、既に子供の姿でした。夫《かれ》が天界の東宮に足を踏み入れたのも此度が初めてです。天帝ともあろう方が証拠もなく決めつけるのは如何《いかが》なものかと」

「琰儿！　不敬であるぞ」

「言葉が過ぎました、お許しください」

胎崩丹《タイボンダン》の件はともかく、月季を襲った刺客についてはまだなにも解明されていない。雨黒燕の解放はまだ先になりそうだ。

「陛下、どうかお許しを。琰儿も、伴侶があのような状態では平常心を失いましょう」

不遜な態度に激高《げっこう》しかけた天帝を、天后が宥める。

母親は息子に甘く、夫は寵妃に弱い。天帝はすんでのところで気を静め、深く息をついた。

「わかった。そこまでいうなら、経緯については天宮の調査機関に調べさせよ。魔王太子は疑いが完全に晴れるまで、引き続き拘束する。玄毓穏形元君の処罰は追って決めることとし、解毒薬を作ることで罪を償う機会を与える。太子を元通りに戻すことに力を尽くせ」

「是《はい》！」

ひれ伏していた玄毓穏形元君が涙ぐむ。罪は罪として裁かれ、功は功として認められるなら、彼女に挽回の余地はあるだろう。

（……都合の悪いことはすべて魔族のせい、か……）

無論、月季をもとの姿に戻すことが最優先なのは確かだし、天帝の煮え切らない態度もいつものことだ。過去に起きた忌《い》まわしい事件のことを、蒸し返したくない気持ちもわからなくはない。ただ、どうしても疑心が拭えないのだ。

――天帝は、はたして本気で真実を明らかにするつもりがあるのだろうか？

紅琰は拱手したまま、ちらと両親を盗み見る。

そもそも、なぜ天后はこの場にやってきたのだろう。胎崩丹《タイボンダン》で胎の子を失いかけた彼女にとっては、耳にもしたくない話題のはずだ。その上、泰山と天宮の話し合いに口を出すなど。いつもの彼女らしくない。

いつもの優しい母とは違う一面を見た気がして、妙な胸騒ぎを覚えた。

【第二篇】


精華宮に戻った紅琰は従者を下がらせ、書房に籠もった。

小月季は無事に連理に引き渡したし、参内したついでに万里鏡も宝物庫にこっそり戻しておいた。誰にも見られていないから、露見《バレ》することもないはずだ。

（帰るまでに、せめて兄上の記憶だけでも戻ればいいのだが……）

碧霞元君の口振りから推し量るに、解毒薬の調合にはそれほど時間はかかるまい。ただ、薬材がすぐに揃うのか、できたとしても即効性か、遅効性か、効果のほどは――？

三維坤輿図《サンウェイこんよず》を入れた箱を書架に戻し、紅琰は深く息をつく。

謁見の間で、小月季と再会を果たした連理は、とても嬉しそうだった。喜ばしいことだと思いつつも、愛する者と引き離されているいまの自分にはひどく眩しく見えた。

でも、もう彼らを羨《うらや》まなくてもいい。

「――冬柏」

「ここに」

気配もなく、冬柏が背後に現れる。

「明後日までに戻る。雨黒燕の傍に、だれも近づけるな」

「はい、命に代えてもお守りします」

冬柏が着いていれば、太平間に安置された雨黒燕の肉体は安全だろう。それに、もし天界で動きがあれば、人界まで知らせに来られる。

紅琰は床榻で独坐した。気海丹田《きかいたんでん》に力を込め、経絡に霊力を行き渡らせる。

人界に転生した雨黒燕はもうすぐ十九歳を迎える。天界の時間の流れでは寿命まであと一日しかない。なんとか間に合ってよかったと胸を撫でおろす。

紅琰の身体は静かに発光し始め、やがてたくさんの花弁となって舞い上がる。花弁の群れはまるで小さな嵐のように渦を巻きながら雲と稲妻の隙間を抜けていき、人界へと転移した――。


――蜀黍国の宮廷の御花園《ぎょかえん》。

ときは夕暮れ、さまざまなものの境界が曖昧《あいまい》になる刻限だ。

人界に下りた紅琰はコキコキと肩を鳴らし、腕を回しながら人界の空気を肺に取り込む。

御花園のどこかで咲く梅の香りに、殿内でくゆる薫香《くんこう》。纏いつくような粉黛《ふんたい》と、宮内で立ち働く者たちの体臭。人界に満ちる雑多な生活の匂いが、紅琰は嫌いではない。

「さて。まずは、成り代われるものを探さねばな」

万里鏡から飽きるほど眺めていた宮殿内だ。雨黒燕の行動範囲ならだいたいのことは把《は》握《あく》している。

ただ、市井ならばともかく、王宮にいきなり現れてふらふらしていてはただの不審者だ。誰かに見つかれば騒ぎになるし、下手をすれば刺客や間者と疑われて牢獄行きとなる。宮殿を護る兵の目に止まる前に、内廷を自由に歩き回れる人間に成り代わらなければならない。

（前もって、泰山府君に頼んでおいたのは正解だったな……）

紅琰は宮内を奥へと進み、人気《ひとけ》のない場所にある物置部屋の前で足を止めた。ぎぃ、と軋む音を立てて扉を開ける。

ろくに掃除もされていないのか、室内はひどく埃《ほこり》っぽい。壊れた刑具や使われなくなった調度品、ボロボロの寝具や羊皮などが乱雑に放置されている。

「……いた」

薄暗い部屋の奥、梁から垂れ下がる白綾《しらあや》が見えた。その先には首をくくって死んだ男性の遺体がぶら下がっている。足元には椅子が転がり、座面に積もった埃の上には彼の沓《くつ》の跡がくっきりと残っていた。

「すまぬが借りるぞ」

紅琰は遺体を下ろし、下着以外の衣を脱がせた。

登用されたばかりの官吏《かんり》だろうか、官服はまだ新しい。

新人ならまだそれほど顔も知られていまい。早めに輪廻転生《りんねてんせい》が叶うよう祈りながら、手早く衣を取り換える。霊石の指環は人の目に触れぬよう、外して袖の中にしまった。

「この恩は、そなたの家族に返す。来世は幸せになるがよい」

死んだ青年はすらりとした体型に、品のある美しい容貌を持っていた。背丈は紅琰のほうがいくぶん高いが、肌の白さや雰囲気などはかなり似通っている。

むやみに霊力を使えば強い反動があるため、変顔術も使えない。だから、できるだけ自分に似た容姿の者がいい、という我儘を、泰山府君は〝渋々〟聞き届けてくれたようだ。

「これなら入れ替わっても、どうにか誤魔化せそうだな……」

紅琰はまだ温かい遺体をその辺にあった寝具で包み、部屋の隅に転がした。その上から古ぼけた羊皮などを被せ、入念に死体を隠す。内廷の北側にある薄暗いこの部屋は寒く、室内にいてさえ息が凍る。しばらく腐《くさ》ることもないだろう。

「……ん？」

証拠を隠滅し、立ち上がったときだった。

ひらり、となにかが官服の袖から舞い落ちた。

「なんだ……紙？」

好奇心に駆られ、折られた紙を丁寧に広げてみる。

――書簡？　いや……遺書のようだ。

よほど急いで書いたのか、ずいぶんと字が乱れている。かろうじて紅、花妃《ファフェイ》、永訣《えいけつ》の文字が判読できたが、部屋が暗いせいもあって内容がつかめない。

よく見ようと目を凝らした瞬間、物置部屋の扉がバン！　と開いた。

「いたぞ！」

「捕まえろ！」

「——⁉」

松明《たいまつ》を掲げた近衛兵たちが次々と踏み込んでくる。

ぽかんとしている間に紅琰は物置から引きずり出され、捕縛された。わけもわからないまま、いずこかに連行される。手から落ちた遺書はなだれ込んできた兵士たちに踏みにじられ、散り散りになってしまった。

——これはいったい、どういうことだ⁉

王宮は堀と城壁に囲まれ、東西南北の四壁にはそれぞれ立派な門がある。四隅には角楼《かくろう》を備え、外朝の後部に内朝、つまり後宮がある。妃の数はそれほど多くないが、住まいとして与えられる宮殿は、地位封号や王の寵愛の深さによって落差が激しい。

紅琰が連れて行かれたのは、王后《おうこう》や後宮妃に与えられる寝宮だった。

「王上《ワンシャン》、連れてまいりました」

近衛兵に突き飛ばされ、紅琰は床に転がった。受け身が取れず、身体のあちこちに痛みが走る。どうにか起き上がろうとすると、今度は床に頭を押し付けられた。

「無礼者が、大王《ダーワン》と王后にご挨拶せぬか！」

（大王⁉　ということは、蜀黍の王か……！）

後ろ手に縛られたまま、紅琰はやっとのことで平伏した。

「王上、王后に拝謁いたします」

乱れた髪の隙間から、周囲に素早く視線を走らせる。

かなり立派な寝宮だ。調度品も目を瞠《みは》るほどに豪華で、宮殿自体も贅《ぜい》を尽くした造りになっている。

（……ん？）

様子を窺っていた紅琰は、ふと部屋の奥に目を止めた。薄い帳子《チャンズ》（ベッドカーテン）に囲まれた紫檀《したん》の牀に、幼い子供が寝かされているようだ。母親らしき女性が、牀の端に浅く腰掛け、手巾《しゅきん》で顔の汗を拭ってやっている。ちょうど陰になっていて顔はよく見えないが、黄金の装飾品をいくつも身に着け、華やかに装っている。おそらく彼女が王后……この宮の主なのだろう。

「その者か」

威厳《いげん》のある声に、紅琰は畏まる。口許には黒々とした髭《ひげ》を蓄えた大柄の男性が、牀の前に置かれた椅子に座ってこちらを見ていた。身に着けた冕冠《べんかん》と袍から、一目で王とわかる。

「はい、王上。この者に間違いございません」

大王の注意がこちらに向いた瞬間、侍女のひとりが王后に近づいた。耳元で何事か囁くと、途端に王后が顔を上げて紅琰を見る。眉を吊り上げ、不快そうに睨みつけるその顔にハッとした。

（あ……！）

幼い雨黒燕を虐げていた正妃だ。いつの間にか子供を産み、立后《りっこう》されていたらしい。万里鏡で覗き見てはいたものの、寝込んでいた間の情報はところどころ抜けている。おまけに紅琰は雨黒燕だけを追っていたため、彼が辺境にいた間の宮中の動きについては、正直あまり詳しくない。

牀に横たわっている子供は、ちょうど紅琰が目を離していた時期に生まれたのだろう。年齢は四、五歳くらいか。病《やまい》ひとつにずいぶんと物々しいのは嫡嗣だからに相違ない。

大王そっちのけであれこれ考えていると、威圧的な声が響いた。

「自分がしたことはわかっていような、紅公公《ホンゴンゴン》」

――公公!?

紅琰は唖然《あぜん》とした。大王の怒りより、そちらのほうが問題だった。

公公は、宦官の名につける称である。つまり自分は蜀黍の宮廷で、完全去勢を施された人物に成り代わった、というわけだ。

（泰山府君……まさか、わざと……？）

　無遠慮にあれこれ頼んだ自分への、ささやかな仕返しか。

　紅琰は平伏したまま、だれにも気づかれぬよう顔を顰める。

　しかし、よく考えてみれば、大王と王子以外で内廷を自由に歩き回れる男性は宦官しかいない。

　遺体の下帯までは脱がさなかったから、いまのいままで気づかなかった。

「答えよ、紅雪塔《ホンシュエター》！」

　この身体の持ち主の姓名は紅雪塔というらしい。

　たしかに雪のように色白で、すらりとした容姿を持つ彼らしい名ではある。が、いまは
そんなことはどうでもいい。この窮地から脱さないと、紅雪塔は二度死ぬことになる。

「恐れながら、私めがなにをしでかしたと……」

「劉太医を前にしてまだしらばっくれるか。そなたが運んできた生姜湯《しょうがゆ》が原因で長春《チャンチュン》が
病に伏したというのに」

　――長春？　生姜湯？

　紅琰は平伏したまま、視線だけで牀の周りに佇む者たちを見回した。

　衛兵と侍女を除けば、大王と王后、そして大王に付き従う老爺《ろうや》がひとり。寝込んでいる
のが長春で、その枕辺に立つ老人がおそらく劉太医だろう。足元には木製の薬箱が置かれ

ている。

隅に並んで立つ侍女のうちのひとりが両手で茶盆《ちゃぼん》を捧げ持っていた。盆の上には陶器の器と蓮華《れんげ》があり、微かに漂う匂いから察するに、問題となった生姜湯の残りが入っていると思われる。病の原因を探るために証拠を押さえさせたわけだ。

「正直にいうがいい。我が嫡嗣になにを盛ったのだ。長春になにかあれば、そなたはもちろん、一族郎党根絶やしにしてくれる」

ようやく状況が飲み込めた紅琰は唖然とした。

つまり、自分はいま、大王の嫡嗣に毒を盛った容疑者として尋問されているのだ。

「私はなにも……」

存じません、と言いかけ、尻切れに口を噤む。

(ちょっと待て)

この身体の主は白綾で首を吊っていた。なにか事情があるに決まっている。どさくさに紛れて遺書は消えてしまったが、実際になにかを盛った上での自害だったとしたら——今度は自分が王を欺いた罪で刑死もあり得る。

「なにも……あー……」

得意の舌三寸《したさんずん》で切り抜けようにも、下手なことは言えない。

口籠もる紅琰を見た王后が、手巾で涙を拭きながら言った。

「王上、この者は本当になにも知らぬようです。だれかに利用されたのかもしれません。長春は王上の初めての嫡嗣、亡き者にしようとした者が背後にいるのやも」

大王はカッと目を見開き、鼻で笑う。

「大王の嫡嗣に、そのような大それたことを成す不届き者がいるとでも？」

「仰せの通り、王族に仇《あだ》なすは大罪。ですが、長春がこの世からいなくなれば得をする者がおらぬわけではございますま……」

「口を慎め、王后」

大王の厳しい叱責に、王后は慌てて床にひれ伏した。

「申し訳ございません。我が子を憐れむあまり、口が過ぎました。子を想う母を哀れと思し召して、どうかお許しくださいませ」

「……わかっておる。立ちなさい」

大王に感謝を述べ、王后はたおやかに侍女の手を借りて立ち上がった。

（……人界も、天界も、大差ないな……）

王后の言葉には、意図的な匂わせが含まれている。

長春の病が偶然か否かはこの際、関係ない。彼女はこの機を捉え、大王を呼びつけるほどの騒ぎにした上で、誰かを陥れようとしている。

その誰かこそ「長春がこの世からいなくなれば得をする者」だろう。宮女腹の雨黒燕は王位争いに関係ない。おそらく、王后を脅《おびや》かすほどの寵妃が他にいるのだ。

長春を救えなければ紅琰、いや紅雪塔の人生が早々に終わってしまう。

紅雪塔が刑死ということになれば、また新しく成り代われる人間を探さなくてはならない。宮中を歩き回れて、見た目と年齢が近く、できれば死にたての青年。そんな都合のいい死体がその辺にごろごろあるわけがない。術を使えば他者の顔を写し取ることもできるが、修為がどれほど削られるかわからず、今後の計画が狂いかねない。

紅琰は賭けに出ることにした。

「王上、本当にその生姜湯から毒が検出されたのですか？」

「無礼者め！　王上に許しもなく口をきくとは！」

近衛兵が紅琰の頭を足で踏みつける。

だが意外にも、大王は「やめよ」とその兵を下がらせた。

「劉太医、どうなのだ」

「は。……毒と断定できる反応は出ておりませんが、銀針で検出できない毒の可能性が」

毒が検出されていないにもかかわらず、捕らえられたとなると事は複雑だ。

紅琰は床で顔を伏せたまま、恭しくお伺いを立てた。

「王上。私には多少の医療の心得がございます。私のせいで殿下のお身体に異変があったとおっしゃるならば、死を賜《たまわ》る前に一度だけ長春殿下を診させていただけないでしょうか」

「王宮の太医にも治せない病なのに、新入りの宦官ごときになにがわかる！」

「王宮の太医殿とて神ではありません。診たことのない病や、ご存じない民間療法などもあるはず。私も命がかかっているのです。身の潔白を証明するためにも、長春殿下のお苦しみをとるためにも、是非」

しつこく食い下がると、大王は迷うように太医の方を見た。

「劉太医、いかがなものか」

「王上、恐れながら、物は試しと申します。診立てだけなら害にはならぬかと」

横から王后が口を挟んだ。

「太医、氏素性《うじすじょう》もわからぬ下賤《げせん》の者に、長春を任せよと？」

「口を慎め、王后」

すぐに大王が王后を嗜める。どうやら劉太医は大王の特別な信頼を得ているようだ。大王は王后を黙らせると、紅琰に向き直った。

「劉太医が言うのだ、特別に許可しよう。もしなにか企めば、車折《くるまざき》では足りぬぞ」

昔から、君主に仕えるのは虎に仕えるようなものだという。そういった点では、人界の王も天界の王もよく似ている。心なしか、声や顔つきまでが天帝に似ているような気がして、紅琰は鼻白《はなじろ》みつつも大真面目に礼を言った。

「王上、感謝いたします」

近衛兵に縄を解かれ、紅琰は立ち上がる。

どうせ下っ端の宦官の顔など、だれも覚えていないだろう。だが面《おもて》を上げた瞬間、周囲の者たちが一様《いちよう》に目を瞠り、息を呑むのがわかった。

「花……」

なにか言いかけた侍女が王后に睨まれ、慌てて口を噤んで俯く。

――バレたか……？

一瞬、冷や汗をかいたものの、だれひとり紅雪塔とは別人だと叫ぶ者はいない。白皙の美貌に驚いた、という反応とも少し違う。

よくわからないが、ここで怯《ひる》んでいては逆に怪しまれる。

「失礼いたします」

そ知らぬ顔で、紅琰は不満そうな王后と入れ替わりに帳子《チャンズ》の内側に入った。寝込んでいる長春とやらの顔をまじまじと覗き込む。

（……これはまた、派手に腫れたものだな）

元の顔がわからないほど目蓋や唇が膨れ上がり、息苦しそうだ。粘膜という粘膜が腫れ、咳の症状もある。風邪に似ているが熱はない。

それらしく脈を確認しながら、生姜湯を持つ侍女に尋ねる。

「症状が出る前、殿下はどこにおいででしたか？」

医療の心得があるといったのは、あながち嘘というわけでもない。花神の血族である紅琰は、果樹や薬草にも通じている。

「ええと、御花園です」

「御花園？」

「はい。第一皇子と前々からお約束されていたのです」

「誰か！　すぐに第一皇子をここへ！」

大王が側近に命じる声を聴きながら、紅琰は分厚い被子を捲った。無遠慮に長春の袖や裾を捲り上げる。

「な、なにをするのですか！　王子に対して無礼ですよ！」

「診断に必要なので、お許しを」

王后が食って掛かったが、紅琰は軽くいなして長春の腕や足を凝視した。

「発疹《ほっしん》はあるが、虫刺されではないな……袖や裾に付着した汚れは樹液か、草の汁か……」

いまの季節、御花園に虫はいない。外に出かける彼を誰も止めていないのだから、健康状態に問題はなかったはずだ。もっとも疑うべき病名を太医が口にしないのはなぜだろう。

「念のためお聞きしますが、外出前になにか変わった様子は？」

「ございませんでした」

「虫や動物に触れたりなども？」

「はい、ございません」

「……季節は早春、動物に触れたわけでもなく、虫に刺された形跡もない……」

捲った袖や被子を元に戻すと、紅琰は帐子《チャンズ》をくぐり、念のため、侍女が持っていた生姜湯の匂いを嗅いだ。人差し指ですくい、皆が見ている前で舐めてみせる。慌てて止めようとした太医に、紅琰はにっこり笑った。

「ご安心を。この通り、生姜湯に問題はありません」

「では、いったい……」

「過敏症《アレルギー》ですね」

一同がざわつく中、紅琰は大王の前で拝礼した。

「おそらく、御花園で触れた植物の中に、今回のような症状を起こさせるものがあったのでしょう。どなたか、紙と墨《すみ》をお借りできますか」

大王が側近に目配せし、紅琰が所望《しょもう》したものをすぐに持ってこさせる。さらさらと筆を走らせる紅琰に、王后が慌てて大王の袖を掴んだ。

「王上、このような賤しい者のいうことを信じるのですか?」

「完全に信じたわけではない、だがいまは長春の命が大事であろう」

「それは、そうですが……!」

このような賤しい者、という言葉に、紅琰は心で苦笑いした。

宦官は、後宮に奉仕する官吏としてなくてはならない存在だ。しかし、それと同時に差別の対象でもある。去勢され、人の身体の一部分が欠けた「不完全な男」であるというとんでもない理由からだ。それでも自ら宦官になる者が後を絶たないのは、たとえ蔑みや命の危険があろうとも、上の者にうまく取り入れば栄達《えいたつ》を極めることも夢ではないからだろう。

「王上、どうぞご確認ください」

宦官が処方を書いた紙を受け取り、急いで大王に見せる。

「王上、もし、この処方で長春殿下の病が治らなかったら、車折にされても構いません」

「いまの言葉、忘れるでないぞ、紅公公。……劉太医、こちらへ来て見よ」

呼ばれた劉太医が、冷や汗をかきながら王后をチラと見る。だが王后は見向きもせず、劉太医は震える手で大王から紙を受け取り、内容に目を走らせた。

「半夏《はんげ》、乾姜《かんきょう》、甘草《かんぞう》、桂皮《けいひ》、五味子《ごみし》、細辛《さいしん》、芍薬《しゃくやく》、麻黄《まおう》……問題はございません」

「ならばすぐに用意せよ。劉太医、間違いのないよう、そなたが煎《せん》じてくるのだ！」

「是《は》、是《はい》！」

急ぎ足で退出していった劉太医と入れ違いに、ひとりの青年が足早に入ってきた。

十代の後半くらいか、すらりと背が高く、鍛《きた》えられた体躯に濃い藍色の袍を纏っている。

宮人たちが道を開ける中、彼は大王の前で拱手礼をした。

「父王、義母后、ご挨拶いたします」

懐かしい気配に、紅琰は思わず筆を取り落としそうになった。

(雨黒燕……‼)

待ちわびた再会に、胸が震える。

あの日、中庭で折檻されていたひ弱そうな少年とは似ても似つかぬ、立派な男へと成長していた。肩幅は広く、長い手指には剣による胼胝《たこ》があり、肌もやや日焼けしている。堂々とした足運びや落ち着いた所作からも、いまの彼が手練れの武人であることが窺えた。

「うむ。顔を上げよ」

雨黒燕が静かに面《おもて》を上げる。

あまりにも見つめすぎたせいだろうか。雨黒燕の視線が、大王から傍らに立つ紅琰へと移る。視線が絡んだその瞬間、雨黒燕もまた大きく目を見開いた。

(……私を、覚えて……？)

期待に鼓動が速まる。

いや、考えすぎだ。いまの彼に魔王太子としての記憶はない。人界に転生した彼に会ったのも一度きり、それも十年前のことだ。とっくに忘れてしまっただろう。

「そなた……」

雨黒燕が、思わずといった様子で口を開きかける。だが、すぐにいまの状況を思い出したのか、大王に向き直った。奥で寝ている弟に、心配そうな視線を投げる。

「父王、二弟が体調を崩したと……容態はいかがですか」

「見ての通りだ。そなたが連れ出したのか」

「はい。辺境から帰還したら、一緒に御花園に行くと、出立前から約束していたのです」

義母はともかく、長春は腹違いの兄にかなり懐いているらしい。雨黒燕も、年の離れた義弟のことを可愛がっているようだ。

つい最近まで、雨黒燕は辺境での戦のために長く宮を空けていた。隣国からの領地侵犯を撥ね返し、部隊を連れて都に戻ったのはまだほんの数日前だ。しばらくは宮廷内に留まり、ゆっくり身体を休めるようにと大王から労われる姿を、紅琰も万里鏡で見ている。

「うむ。長春はそなたを慕っているからな。……それで？」

「近況などを聞きながら御花園に着き、二弟は母上に差し上げるのだと、花を探しては手《た》折《お》っていました。ただ、幾度かくしゃみをしたので、身体を冷やしたのだと思い……二弟を宮に連れ戻して、そちらの侍女に生姜湯を用意させるよう命じたのです」

大王の眉がピクリと上がる。

「それはまことか」

「はい。そちらの盆を持った侍女です。私は軍の所用ですぐに帰ったのですが、なぜか新人宦官に容疑がかかっている様子。いったいなにがどうなっているのか……」

生姜湯の盆を持っていた侍女が、血相《けっそう》を変えて膝をついた。

「私の過ちです！　長春殿下のお世話で手が離せなかったので、通りかかった紅公公に生姜湯を頼んだのです。召しあがった後に殿下が体調を崩されたので、てっきり彼が毒を盛ったものと、王后陛下に……」

「黙れ、不届き者が！　宦官に仕事を押し付けた挙句《あげく》、罪まででっち上げようとは！」

「罰を受けます！　どうかお許しを……っ」

彼女は盆を床に置き、自身の頬を自ら平手で打ち始めた。乾いた音が響く中、宮人たちは白けた目で彼女を見ている。

一方、雨黒燕の言葉で、紅琰の立場は容疑者から一転し、陥れられた哀れな宦官へと変わった。ここぞとばかりに紅琰は跪き、哀れっぽい声で大王に駄目押しする。

「王上、私はまだ半人前の官奴婢《かんぬひ》です。長春殿下に毒を盛ってなんの得がございましょう。まして新人の宦官に、そのような大それたことを命じる者がいると本気でお思いですか？」

「うむ。たしかに、そちの言うことは理にかなっておる。内廷には、もっとうまく立ち回れる者が他にいくらでもいるからな。立つがよい」

紅琰が立ち上がると、そこに劉太医が戻ってきた。手にした盆には、薬湯《やくとう》が入った器が載っている。進み出た年配の宦官が薬湯に銀針を浸し、少量を小皿に取り分け毒見した。問題ないことが確認できると、大王は長春の枕元に座った。

「貸しなさい。朕《ちん》が与えよう」

長春を抱き起こし、蓮華ですくった薬湯を彼の口に運ぶ。

だが、ひと匙口に含んだ途端、長春は腫れた顔を歪めて吐き出した。

「苦いか？　我慢して飲むのだ。父を信じよ」

嫌がる幼児を宥めすかし、大王は薬湯を飲ませていく。

一国の王が手ずから薬を飲ませるほど、長春は溺愛されているらしい。たしかに、正妃が産んだ初めての男児ともなれば、寵愛は格別だろう。睦まじい親子の様子を眺める王后からは、得意げな様子が見て取れる。

しばらくすると長春の咳は治まり、顔の腫れも目に見えて引いてきた。薬が効いてきたのだ。大王も、新人宦官の診断が正しかったと認めたらしい。

「紅雪塔、そなたの首は繋がったようだな」

「恐れ入ります」

横から雨黒燕が微笑みながら口を添える。

「父王、紅公公がいなければ、大王の嫡嗣は命さえ危ぶまれたかもしれません。むしろ、二弟にとって命の恩人では」

「……。まさしく、そなたの言う通りだ」

大王は頷くと、まだ自分の頬を打ち続けている侍女を叱りつけた。

「この愚か者が！　そなたの妄言《もうげん》のせいで、いもしない犯人を探すところだったではないか！　だれか、内廷を騒がせた罪でこの女を打ち殺せ！」

近衛兵が侍女を取り囲み、無理やり立たせる。

「お、お許しください！　王上！　お慈悲を！　私はただ命じら……っ」

「お黙り！」

王后が手を振り上げ、泣き叫ぶ侍女を平手で殴りつけた。倒れ込んだ侍女は床で頭を打ち、口から血の泡を吹いて白目を剥いた。気を失ったまま連行されていく彼女には見向きもせず、王后は音を立てて床に膝をついた。

「長春を案じるあまり、侍女の言うことを鵜呑《うの》みにした私も悪うございました。どのような罰を与えられても文句はありません」

侍女の命乞いではなく、自身に罪が及ぶのを回避するためのわかりきった方便だ。だが大王も騙されてやる気はないらしい。無言のまま、不愉快そうに眉を寄せる。

（自業自得……いや、因果応報《いんがおうほう》か）

元々、幼い雨黒燕を虐げていた義母に、紅琰はいい感情を抱いていない。どちらかといえば胸がすく思いでその光景を眺めていたのだが。

「それでしたら、御花園に連れ出した私に非があります。二弟への目配りを怠《おこた》った罪で、罰は私にお与えください」

すわ冷宮《れいぐう》送りかと、俯いた宮人たちが聞き耳を立てる中、驚いたことに、雨黒燕はさっと裾を払い、その場に膝をついた。

（自分を虐げていた女を庇うなんて、人が良すぎるではないか……）

呆れながらも、紅琰はどこかホッとしていた。

人に生まれ変わっても、魂に根差すものは変わらない。天族からは色眼鏡で見られがちな雨黒燕だが、実際は紅琰よりずっと共感性が高く、情が深い。

「王上……どうか」

大王は拳を握り締めたまま固まっている。だが、寝ている長春の前で、そこまでされては引かざるを得ない。傍らに控えていた宦官にも気を鎮めるよう懇願《こんがん》され、大王はようやく怒りをおさめた。

「……もうよい。王后はしばらく自宮にて禁足を命じる。みな下がれ！」

「是《はっ》！」

嘘泣きする王后を尻目に、紅琰は劉太医や侍女たちに紛れて足早に退出した。下がれと命じられたものの、雨黒燕は残って義母と父親との仲を取り持つつもりのようだ。こうした家族思いで、優しいところは転生後も変わっていない。

（それにしても、危ないところだった……）

紅琰はチラと血の跡が残る床を振り返る。

ひとつ間違えばこの紅雪塔もあの侍女と同じ運命を辿っていただろう。

みな薄々気づいていただろうが、これは王后の謀《たばかり》だ。

王后が可愛い我が子をわざと病にしたとは考えにくい。おそらく、御花園から戻った長春が体調を崩したことを利用し、だれかを陥れようとしたのだろう。

毒を盛った下手人の背後には黒幕がいて、その黒幕は長春が死ねば〝得をする者〟だと。

その者こそ、王后がでっちあげた罪で失脚《しっきゃく》させられるはずだった後宮妃に違いない。

〝花妃〟――紅雪塔の遺書に記されていた妃の名が脳裏をかすめる。

その〝花妃〟が、おそらく王后に陥れられるはずの者だったのではないか。この紅雪塔は、王后からなんらかの取引を持ち掛けられ、報酬と引き換えに、犯してもいない罪の懺悔《ざんげ》と花妃の名をしたため、首を括《くく》った可能性が高い。

死人に口なし、だが紅雪塔――本当は紅琰だが――が生きたまま捕らえられたことで計画が狂った。王后に不快な顔で睨まれたのも頷けよう。宮廷の太医ともあろう者が、あの程度の診断ができないはずはないから、劉太医も抱き込まれていたとみて間違いない。

もっとも、彼は計画の破綻をいち早く察知し、うまく立ち回って事なきを得ていたが。

――宮廷など、どこも同じか。

あてもなく内廷を歩きながら、紅琰は溜息をついた。

「紅公公」

ふいに遠くから声が聞こえ、紅琰はつんのめるように足を止めた。

愛する男の声を、聞き間違えるはずはない。わざわざ、自分を追いかけてきたのだろう。両手をきつく握り締め、震えるほどの喜びを抑え込む。

心臓が、どうにかなりそうだった。

ゆっくりと振り返ると、目の前に息を切らした雨黒燕の姿があった。どうにか平静を保ちながら、紅琰は恭しく拝礼した。

「大殿下。先程はありがとうございました」

「礼などいい。咄嗟に口から出ただけだ」

長春の命の恩人と持ち上げた雨黒燕の言葉は、明らかに紅琰への助け船だった。

「王上のお怒りは解けたのですか」

「あ、ああ……まぁな。そんなことより、聞きたいことがあって追ってきたんだ」

「私に、ですか？」

雨黒燕は頷き、紅琰に一歩近づいた。

「そなた、俺とどこかで会ったことがないか……？」

ドキリと心臓が跳ねる。しらず、広袖の中で握り締めた手が震えた。

いまの彼には、ともに過ごしてきた五百余年間の記憶はない。わかっているのに、心のどこかで期待してしまう。

私のことを、忘れずに覚えていてくれたのではないか——と。

「お戯《たわむ》れを。私は入宮したばかりの官奴婢です。どなたかとお間違えでは」

あくまでも赤の他人として、よそよそしく微笑む。だが、そんな自分を雨黒燕は食い入るように見つめていた。わずかな表情の変化でも見逃すまいとするかのように。

しばらくして、雨黒燕は疲れたような笑みを浮かべ、首を振った。

「そうだな、やはり人違いだ。もう十年も経つのに、容姿が微塵も変わらぬはずはない。本当に……仙人でもない限り」

紅琰は口許に笑みを張りつかせたまま、わずかに視線を落とした。

――ああ、私は私でも、八歳の記憶の方だったか……。

それでも、雨黒燕にとって〝仙女〟に助けられた記憶は大人になったいまでも忘れえぬ思い出なのだと思うと、少しは心が慰められる。紅琰は笑みを消し、首を傾げた。

「さぁ、どうでしょう」

紅琰は丁寧に拝礼し、踵を返した。

あのときと同じ返しに、雨黒燕はハッと顔を上げる。

愛する者に、自分という存在を忘れ去られることの耐えがたさが身に染みる。

かつて天界で罰を受け、記憶を奪われた紅琰が、そうとは知らず会いに来た雨黒燕に心無い言葉を言ってしまったことがある。きっといまの自分以上に苦しい思いをしたに違いない。因果は巡る、そう噛み締めながら歩き出したときだった。

「待ってくれ！」

雨黒燕に、袖を掴まれた。驚いて振り返る。

「まだ、なにか……」

「そなた、……私のものにならぬか」

大きく見開いた目に、雨黒燕の瞳が映り込む。これ以上ないほどの、真摯《しんし》な眼差し。逃がすものかとばかりにしっかと袖を掴み、紅琰を凝視している。

風が吹き、後れ毛が額に張り付いた。

ドクン、ドクン、と心臓が脈打つ音が聞こえてくる。紅琰にはそれが自分のものか、それとも雨黒燕のものかもわからないほど混乱していた。

「大殿下、それは……どういう意味で……」

「あ……いや、誤解するな、その……」

雨黒燕が視線を泳がせ、しどろもどろに説明しようとしたときだった。

「紅大人《ダーレン》」

気配もないまま、背後から何者かに呼びかけられる。

「はい」

反射的に返事をすると、雨黒燕が袖を掴んでいた手をぱっと離した。

ふたり同時に振り返る。

「大殿下にご挨拶申し上げます」

「……李《り》公公……」

そこにいたのは、落ち着いた佇まいの初老の男性だった。宦官と一目でわかる冠と官服を身に纏い、物腰は柔らかく無駄がない。

ぼんやりしていた紅琰は、慌てて頭を下げた。

そうだ。つい先ほどまで同じ部屋にいた宦官ではないか。大王の傍らに常に付き従い、薬湯に銀針を浸していた。つまり、彼の正体は……。

「り、李太監」

「畏まらなくともよい」

君主のもっとも近くで仕える総管太監は、二十四衙門《がもん》と総称される内官諸監の頂点に君臨し、大王の秘書兼護衛を務める宦官だ。つまり、下っ端の紅雪塔にとって李総管は、限りなく雲の上に近いところにいる上長ということになる。

「大殿下、失礼いたしました。お話し中でしたか」

「いや、構わぬ。なにか急用なのだろう。紅公公、返事は急がぬゆえ」

「……はい」

李総管は雨黒燕に向かって一礼すると、紅琰に向き合った。

「紅大人、今日は持ち場に戻らずともよい。先程は見事だった」

「恐縮です」

「紅……んん？　そなた、そんな貌であったか？　心なしか背も伸びたような……」

李総管に矯《た》めつ眇《すが》めつ上から下まで眺められ、冷や汗で掌が濡れてくる。

だが、ここまできたらもう開き直るしかない。

「李大人、こう見えて私はまだ十代ですよ、つまり成長期なんです。背だって伸びますし、男子たるもの三日会わざれば刮目《かつもく》して見よというではありませんか」

数千年も生きていながら十代と詐称するとは、我ながらおこがましい。李総管は訝しがりながらも、紅琰の舌三寸に丸め込まれたようだった。

「昨日も顔を合わせたばかりだが……まぁよい。花妃娘娘がお呼びだ。初のお目通りだろう。すぐに行きなさい」

頭冠を見よう見まねで被りながら鸚鵡返《おうむがえ》しする。

「……花妃、娘娘……」

――紅雪塔の遺書にあった、あの花妃か……？

あの遺書は騒ぎに紛れて失われてしまった。花妃にはなにも知られていないはずだ。ではいったい、なんの用事があって紅雪塔を呼び出したのか。

考え込む紅琰を見て、雨黒燕は花妃が誰かわからないのだと思ったらしい。笑いながら助け舟を出す。

「新人ならば覚えておくといい。花妃は、我が国の官界でかなりの力を持つ貴族の嫡女にして、いま後宮で一番、父上から寵愛されている側妃だ」


李総管から言われた通り、紅琰はその足で花妃の寝宮を訪ねた。

「花妃娘娘に拝謁いたします」

本人から許可されない限り、紅雪塔のような下っ端が貴人の顔を直に見ることはできない。俯いたまま部屋に通され、紅琰は深々と跪拝《きはい》する。

この後宮でいま、もっとも大王に寵愛を受けている側妃であり、そして紅琰の予測が間違っていなければ、ついいましがた王后に陥れられんとしていた渦中の人物。そんな女性が、日も暮れた遅い時間にもかかわらず、半人前の新人宦官を名指しで呼びつけた。傍らに並んでいる侍女たちからの刺すような視線といい、厄介事の匂いしかしない。

「そなたが紅雪塔か」

鈴を転がすような声、とはまさにこのことをいうのだろう。

「いかにも、私が紅雪塔でございます」

「立って顔を見せよ」

花妃から言われるままに、紅琰は立ち上がって顔を上げた。

精巧な木彫りの装飾が施された榻《とう》(長椅子)に、華やかな衣を纏った美女がゆったりと座っている。その顔を一目見るなり、紅琰は危うく喉から出かかった言葉を飲み下した。

——は、母上⁉

なぜここに——否、本人であるはずがないことはわかっている。だが花妃の容貌は天后・百華仙子に瓜二《うりふた》つといってもいいほど似通っていた。紅琰の顔立ちは自他ともに認める母親似のため、こうして対峙すると、まるで実の姉弟のように見えてしまう。先程の茶番の最中に侍女たちがざわついたのもいま思えば納得がいく。

「この世には奇妙なこともあるものだ。そうは思わぬか、玉蘭《ユーラン》」

同意を求められ、背後から花妃を扇《おうぎ》で仰いでいた侍女が困った顔で口籠もった。

「お許しを……。愚かな私には、なんともお答えしようがございませぬ」

否定しない玉蘭に、花妃が気を悪くする様子はない。花妃は彼女によほどの信頼を寄せているのだろう。本来なら、尊い王妃と賤しい宦官の顔立ちが似ているなどと、冗談でも口にすれば物理的に首が飛ぶ。

花妃は吉祥雲《きっしょううん》に花々が組み合わされた肘掛に凭れ、まじまじと紅琰を見た。

「ふむ。わが蜀黍の宦官はみな白皙だが、これほど器量のよい者も珍しい。そなた、紅ではなく白雪塔と名乗ったほうがしっくりくるのではないか」

白牡丹の中で、最も美しいとされる白雪塔を引き合いに出され、紅琰は微笑んだ。

「恐れ多い。満開の牡丹よりもお美しい花妃娘娘こそ、地に舞い降りた百華仙子でございましょう」

「ほう、ならばそなたは仙人か」

「そうかもしれません。宦官は、またの名を仙人と申します故」

花妃は目を瞬き、すぐに袖で口許を隠して笑った。

「口がうまいな。王上と王后娘娘の前でも、怖気《おじけ》づくことなく切り抜けたと聞いた」

耳が早い。ついさきほどの立ち回りがもう耳に入っているとは。

用心しつつ、紅琰は慇懃《いんぎん》な態度で答える。

「第一王子がお助けくださいましたが……元より私に恥じるところはございません」

「ずいぶん強気ではないか。此度の一件でそなた、王后から疎《うと》まれたであろうに」

花妃は優雅に立ち上がった。侍女に腕を取られ、高座を降りて近づいてくる。二歩前で足を止め、品定めするように紅琰を頭の天辺から足の爪先まで眺め回した。

「気に入った。そなた、今後は私に仕えよ」

――今日はまた、ずいぶんとモテるな。

紅琰は心の中で苦笑した。

幸い、人界での遊歴経験が豊富な自分は、人に溶け込むための演技にも慣れている。

ただ、以前のような侠客《きょうかく》のふりをした物見遊山《ものみゆさん》とは違い、今回は紅雪塔という人間になりすまし、人界の時間の流れの中で一年を過ごすことになる。ぼろが出ないように、関わる人間はできるだけ少ないほうがいい。

「身に過ぎた光栄にございます。ですが、私のような愚鈍《ぐどん》な者には荷が重いかと」

あと一日…ではなかった、あと一年、雨黒燕を傍で守り、人生を終えるその一瞬に立ち会わねばならない。帝位を巡る陰謀など、面倒ごとには巻き込まれたくない。

しかし、花妃は引き下がらなかった。

「真に愚鈍な者なら第一王子が口説《くど》くわけはなかろう」

「……！」

「私が知る限り、そなたは凡庸《ぼんよう》ではない。玉座を狙う者なら欲しがって当然の人材」

宮の内外に耳目《じもく》を置き、諜報《ちょうほう》を命じるのは君主だけではない。後宮の妃もまた宦官や宮女をとりこんでいる。恩を売りつける知力、もしくは賄《まいない》を贈る財力さえあれば、宮中で起きたことは即時、筒抜けといっても過言ではない。

「花妃娘娘、誤解です。第一王子の発言《あのかた》は帝位とは無関係です」

「ほう。そこまで考えが至りながら、あやつの口説きに応じる気か」

「……」

花妃は侍女の手を離し、紅琰の横を通り過ぎたところで足を止めた。

「よかろう。これは天意かもしれぬ。……紅公公、そなたに四六時中ここで傅《かしず》けという気はない。ただ、いざというとき私のために働いてほしいのだ。そなたとて、命は惜しかろう？」

直接的な言葉を使わずとも、これだけ言えば紅琰が理解すると察したらしい。

紅琰は表情を変えないまま、心の中で苦笑いした。

——なるほど、私が断れる立場にないとわかった上での選任か。

戦で手柄を立てたにもかかわらず、雨黒燕はいまだ王府を与えられていない。彼が庶子だからではなく、まだ冠礼前《かんれいまえ》で、妻帯していないからという理由が大きい。いずれは爵位とともに王府を賜るだろうが、いまは義母である王后が長春とともに住まう宮の離れに仮住まいしている。

今後は雨黒燕に仕えながら、諜報と情報操作に手を貸せと、花妃は言っているのだ。

王后に睨まれたのだから、もはやおまえが生き残るには私の側につくしかない、と。

「敵の敵は味方だとおっしゃりたいので？」

「話が早いな。聡明なそなたならもうわかっていよう。此度王后が罪を着せようとした真の相手は私に他ならぬ。動けるうちに、頭の切れる者を味方にしておきたいのだ。もちろん、ただでとは言わぬ」

花妃が軽く手を振ると、玉蘭が傍に来た。袖の中から重そうに膨らんだ巾着を出し、紅琰の手に押し付けてくる。

「ありがたいお言葉ですが、賄は受け取れません」

断りながら、紅琰はチラリと花妃の腹部に視線を流した。

(動けるうちに、か)

華奢な身体つきと、蜂のようにくびれた腰。おそらく懐妊の兆候を確認しながらも、まだ公にはしていない段階だろう。

今生の雨黒燕は帝位争いとは縁遠く、長春を生んだ王后がいま蹴落とすべき相手は、いずれ王子を生む可能性が高い花妃だ。

「金品で動かぬとは高潔な宦官もいたものだ。では、そなたの心はなにで動くのだ?」

玉蘭を下がらせ、花妃はやや気分を害したように居丈高《いたけだか》に尋ねる。

色欲を絶たれた宦官は財欲が旺盛《おうせい》になるというから、紅琰のことも賄でどうにかなると思っていたのだろう。だがあいにく、神仙は人界の金に興味がない。

(しかし、取引はしておいた方がいいな……)

紅琰は少し考え、恭しく拝礼した。

「いざというとき、第一王子をお守りください」

この程度の〝お願い〟であれば、介入には当たらないだろう。

百華仙子に瓜ふたつの顔で、花妃は冗談でも言うように軽く尋ねた。

「あれに惚れたか」

「……」

――惚れたもなにも、あれは最初から私の男《もの》だが？

そう言いたいのをぐっと堪える。

ここはあえて肯定しておいた方が、今後において動きやすくなるだろう。花妃が自分を利用する気なら、自分も花妃を利用しない手はない。

「尊敬しております」

慎ましく答え、紅琰は目を伏せた。

言葉に嘘偽りはない。年下だが、雨黒燕には尊敬すべきところが多くある。

殊勝な態度に驚いたか、花妃は一瞬、目を瞠った。すぐに面白げな様子で揶揄う。

「奇特《きとく》な者もおるものよ。あれは変わり者だぞ。想い人を、王上にさえ明かそうとせぬまま、あの年まで独身を貫いておる」

平静を装いつつも、紅琰はかすかに眉を寄せた。

――浮気者め。

どうやら、今生の雨黒燕は好きな相手がいるらしい。

もっとも、歴劫中の出来事は一時の夢だ。人間の身でだれを愛そうが、紅琰の生死に影響はない。魂が元の身体に戻れば、人界でのことはすべて記憶から消えてしまう。七難八苦のひとつ、愛別離苦《愛する人と離別する苦しみ》が修行に含まれる以上、不可欠だとわかっていても胸がざわつく。

それほどまでに彼の心を捕らえるとは、いったいどんな女だろうか。

「一介の宦官として、身の程はわきまえております。ただ、一生お傍でお仕えできればと」

心穏やかではないものの、表面上は謙虚に答える。だが、恋の駆け引きに長《た》けた後宮一の寵妃にはお見通しだったようだ。

花妃はころころと澄んだ声で笑った。

「よい、よい。あの者が帝位に欲を示さぬ限り、協力してやろう。私は、ただの側妃で終わるつもりはない。魑魅魍魎《ちみもうりょう》がひしめく後宮で、共通の敵を持つもの同士、助け合おうではないか」


花妃の寝宮を辞した紅琰は、来た道を戻りながら溜息をついた。

――魑魅魍魎がひしめく後宮に、母上と生き写しの妖女とは。

彼女は寵を争うだけでなく、自身の子を王位につける野心を抱いている。

王后が強引な手で花妃を蹴落とそうとするのも、薄々そのことに気づいて焦っているからに相違ない。先手を打とうとして失敗したのだ。

(どこの世界も似たようなものだな……)

花妃を信頼するわけではないが、王后に嫌われた以上は仕方がない。女の戦いに巻き込まれたくはないが、庇護が受けられるのであれば良しとする。

すべては人界に逃がした雨黒燕の魂を護るためだ。無事に連れ帰ることができるなら、神としての矜持《きょうじ》を棄て去り、人に額《ぬか》づくことさえ厭わない。

「紅公公！」

門を出たところで、ふいに声をかけられた。

振り返ると、背の高い男性が風燈《ふうとう》を手に近づいてくる。長い脚で大股に歩いてくるその男が雨黒燕だとわかった途端、紅琰の心は熱くなった。

「燕……」

癖でつい口走りかけ、慌てて「大殿下」と言い直して拝礼する。

転生体だとわかっていても、油断するとつい、いつもの調子で「燕儿」と呼んでしまいそうになる。

雨黒燕はなぜか一瞬、驚いたように息を呑んだが、すぐに「よい」と拝礼を免じた。

顔を上げ、目が合うと、なにやら急に面映《おもは》ゆさが込み上げた。

「また、お会いしましたね。こちらの宮に御用でも？」

雨黒燕は照れくさそうに鼻の下を擦った。

「いや……実は、そなたを待っていたのだ」

紅琰は思わず、雨黒燕の顔をまじまじと見てしまう。

すでに日が暮れ、外は肌寒い。宮中とはいえ、侍衛も連れず、王子自ら足元を照らす灯りを手に、一介の宦官を待ち伏せとは。

「大殿下ともあろう方が、供も連れずに……いったいどうなさったのです？」

「……やはり、さきほどの答えを聞きたくて」

代わりに風燈を持とうとした紅琰は思わず、左胸を押さえた。

『私のものにならぬか』

あの答えを、明日まで待てずに追いかけてきたらしい。

（……好きな人がいるくせに……）

ほろ苦くも甘い感情に酸っぱい嫉妬が混ざり込む。まさか自分までが八苦を味わうことになるとは。

心の揺れを押し隠し、紅琰は風燈を手に先に立って歩き出した。

「どうして、出会ったばかりの宦官にそこまでなさるのです？」

「……言っても信じぬ」

雨黒燕は照れたように俯いた。普段から大人のように振る舞っていても、ふとした瞬間に年相応の顔が覗く。ふと紅琰は魔界で初めて出会った日の彼を思い出した。まだ角も生え揃っていない生意気な美少年を自分が教え導いたように、大殿下も誰かから閨房《けいぼう》のいろはを指南されたのだろうか。

「ぜひ、お聞きしたいですね」

ニヤニヤしながら催促すると、雨黒燕が呆れたように紅琰を見た。

「不敬なやつめ。私を揶揄うとは」

本気で怒っているわけでないことは表情ですぐにわかる。

「おや……」

向こうから、煌々と灯りを灯した行列がやってくるのが見えた。大人数の奴婢が輿を担いでいる。李総管が付き従っているのを見ると、大王の輿に間違いない。

「花妃娘娘はここ数日、体調を崩しているそうだから、見舞いも兼ねて訪《おとな》うのだろう」

やはり、まだ表向きは体調不良ということになっているらしい。

道の端に寄り、拝礼する二人の前で輿が止まった。

「王上に拝謁します」

「顔を上げよ。こんなところで宮女と逢引かと思えば、むさくるしい」

輿の上から、大王が機嫌よく声をかけた。

雨黒燕の予測通り、花妃の寝宮に向かうのだろう。やはり、当代随一の寵妃と呼ばれるわけはある。通常ならば妃嬪《ひひん》を寝殿に呼びつける大王が、わざわざ太医を伴い、自ら彼女の宮まで足を運ぶのだから。

（太医が診る……ということは、近々、懐妊が公になる……）

紅琰にちらと視線を流し、雨黒燕は笑みを浮かべた。

「紅公公は弟の恩人ですから、義母に代わって礼を尽くそうと」

「さようであったな。紅公公、褒美を取らせようと思うが、なにがいい」

「滅相《めっそう》もない。当然のことをしたまででございます」

謙虚に固辞する紅琰に、大王は気を良くしたらしい。

「欲のないことだ。李公公」

「は」

払子《ほっす》を腕に抱えた李総管が後ろから進み出る。

「金子《きんす》でも免罪でもなんでも、この者の希望をひとつ叶えてやれ」

「は」

この機を逃す手はない。

紅琰は一歩進み出た。

「王上。それでしたら、私を大殿下の宮でお仕えさせていただけないでしょうか」

「！」

雨黒燕が息を飲んで紅琰を見る。その顔には隠し切れない喜悦が浮かんでいたが、事情を知らない大王は訝し気に顎髭を捻った。

「第一王子の居処なら人手は足りておるだろう」

「父王、いえ、しかし……！」

雨黒燕をちらと見て、李総管が横から助け舟を出す。

「王上、大殿下は遠征に次ぐ遠征で、しばらく都を離れていたこともあり、身の回りをお世話する、気の利いた者が必要かと」

「だったら妻を娶ればよい話だ。早急に相応しい子女を探させ、朕が縁談を纏めてやろう」

「父王、その話は以前にもお断りしました」

雨黒燕が控えめに抗議する。親子の間で何度も交わされてきた話題なのだろう。

いい年をした息子の煮え切らない態度に呆れたのか、大王が輿の上から雨黒燕を指さした。

「いつまでも子供の頃の初恋にしがみつかず、現実を見よ。よしんば、この世に仙女がいたとしても、それは花妃のような女人を言うのだ。そう思うだろう、李公公」

「まさしく、王上の仰せの通りでございます。ただ、男ばかりの軍の生活が長かった大殿下には、婚姻生活の良さや男女のいろはを学ぶ機会がなかったことも確かです」

李総管の言葉に「ふむ」と頷き、大王は髭を扱いた。

「ではちょうどいい、紅公公から手解きしてもらうように。よく勉強し、二十歳までには嫁を貰うのだぞ、小燕子」

「父王、もうその名前は卒業しました……！」

揶揄うように笑う大王とは裏腹に、雨黒燕の顔は茹《ゆ》で上がった蛸《たこ》のようになっている。

「では、早速明日から学ぶのだぞ」

「父王……！」

大王は笑い、李総管に合図した。李総管が払子を振ると、大王を乗せた輿は再び動き出す。粛粛と遠ざかっていった行列が、やがて花妃の寝宮の門の内側へと吸い込まれていくまで、ふたりは気まずい沈黙の中で立ち尽くしていた。

だれもいなくなったのを見計らい、紅琰はそっと訊ねる。

「小燕子、とは……」

いまの彼にしては、ずいぶん可愛らしい渾名だ。

雨黒燕は目を逸らし、赤い顔のまま早口で答えた。

「幼い頃の俺はわんぱくでな。机の前に長く座っているのが苦痛で、よく講義を抜け出した。夫子や侍女に追いかけられても、宮廷の庭をすばしっこく飛び回ってなかなか捕まえられないから、父王が〝小燕子〟と」

「さようでございましたか」

さきほど〝燕〟に反応したのはそのせいらしい。不思議な縁もあったものだ。

「いまは違うぞ。武術以外にも一通りの教養は身に着けた」

言い訳する雨黒燕に、思わず微笑む。

目の前にいる雨黒燕は武術で鍛えた立派な体格をしている。だが、幼い頃はたしかに中性的で可愛かった。父親から、愛らしい二つ名をもらったのも頷けよう。

「大殿下がどれほど我慢強く、努力家で、博学多才かは存じております。余計な詮索をされぬよう、大賢《たいけん》は愚なるが如《ごと》しを貫いていらっしゃることも」

天界で、彼を見ていたから知っている。

人界に転生した雨黒燕が、どれほどの苦しみに耐えてきたか。

生まれてすぐに母を失い、周りから虐げられても恨むことなく、控えめに生きてきた。早くから戦場に出たのも、帝位を狙っていると疑われないようにだ。ごくまれに帰還すれば腹違いの弟を可愛がり、いまは父王とも悪くない関係を築いている。

庶子として多方面に気を遣い、別れや孤独を味わいながら生きなければならなかったのも、戦いに明け暮れ、傷を負い、飢えや寒さを味わわなければならなかったのも、すべて彼の魂が人界に落とされたからだ。

——私のせいだ。そなたを、つらい目に遭わせてしまった……。

天界からただ見ていることしかできなかった時間が、どれほどもどかしかったことか。

しかし、いまは違う。少なくとも、手を伸ばせば届くところに彼がいる。

「大殿下は孤独ではありません。陰から見守っている者がいるはずです」

紅琰は口許に微笑を浮かべ、静かに雨黒燕を見つめた。

「そなた……」

雨黒燕の目が大きく見開かれる。黒々と澄んだ双眸に、月と紅琰が映り込む。あたかも魔界で初めて会った日のように。

「そなた……やはり……」

雨黒燕が躊躇いながら口を開く。

ふたりの間を、冷たい夜風が吹き抜ける。

風燈の明かりが揺れ、雨黒燕の縋るような真剣な眼差しが湖面のようにさざめいた。

雨黒燕が一歩足を踏み出した。震える手を伸ばし、紅琰の頬に触れようとする。

「……あのときの、仙女か……？」

紅琰は袖の中でぎゅっと拳を握り締めた。

痛いほど、胸が締めつけられる。

そうだ、と答えたら、雨黒燕は人界《ここ》でも自分を愛してくれるだろうか。

（……馬鹿なことを）

さっきの会話で、雨黒燕の〝想い人〟がわかってしまった。

十年前に会った紅琰のことをいまも忘れられず、一途に独り身を貫いている。

膝から力が抜けるほど安堵し、そんな自分にも驚かされた。婚姻して五百余年、あれは自分の男だとわかっているのに、それでもなお独占欲を感じている。

——いっそ、いまここで打ち明けてしまおうか？

私こそがそなたの逑《つれあい》、紅琰であると。

雨黒燕はどんな反応をするだろう？

「…………」

紅琰は自嘲気味に口端を上げ、小さく首を振った。

凡人にとっては、荒唐無稽《こうとうむけい》な話でしかない。雨黒燕が信じたとしても、いまでさえ変わり者と思われている彼の評判を、さらに落とすだけだ。

紅琰は、さりげなく手を避けると、静かにお辞儀《じぎ》した。

「殿下、もう遅うございます。宮に戻ってお休みください」

伸ばされた手は握り締められ、そして下ろされた。

「……そう、だな」

まだ諦めのつかない顔をしていたが、表情を消した紅琰を見て悟ったらしい。

「そなたも戻れ。……明日、我が宮で待っている」

「御意」

夜風が、風燈の灯りを揺らした。

頭を垂れ、遠ざかる雨黒燕の足音を耳で追いながら、自分に言い聞かせる。

昨日までとは違い、いまは同じ空の下にいる。

それだけで、充分ではないか。


翌日の正午過ぎ、紅琰は大きな木箱を胸に抱え、雨黒燕の居処に向かった。術で移動できないから、もちろん徒歩だ。

(それにしても、いやに重いな……)

抱えている木箱は今朝、李総管から〝教材〟だと渡されたもので、観音開きの扉がついている。厨子《ずし》と呼んだほうがいいのかもしれない。

ただ、中身についてはなにも知らされていなかった。宮人ならば知っていて当然、というような厳かな顔つきで李総管から渡されたため、聞くに聞けなかったのである。

ずっしりとした重さから想像するに、たくさんの書が入っているのだろう。男女や夫婦のありようを学ぶなら、論語や礼記あたりかもしれない。

紅琰が雨黒燕に夫義婦聴を説くというのも妙な話だが、雨黒燕の傍に仕える大義名分はできた。

たとえただの人間になっていても、傍にいられるのは嬉しい。天界から見守っていたときは、触れるどころか会話もできなかった。

「お待ちしておりました。大殿下は書房でお待ちです」

出迎えた従者に書斎へ通されると、雨黒燕はすでに机卓の前で紅琰を待っていた。普段は緇撮に結い上げている髪も半分下ろし、薄い広袖長裾の衣をゆるりと纏った寛いだ姿だ。

紅琰は机卓の横に持参した厨子を置くと、向かいに設えられた席に座った。

「では、始めましょうか」

「よろしく頼む」

手解きする側として対峙するこの光景に、懐かしさを覚える。違っているのは、雨黒燕の姿と〝教材〟だけだ。

紅琰は李総管の真似をして厳かな顔つきで厨子を机卓に載せる。そして、雨黒燕の前でゆっくりと開帳した。

中身は書物とばかり思っていた紅琰だったが、現れたのは一体の歓喜仏像だった。

「……」

「……」

雨黒燕とは目も合わせないまま、紅琰は静かに観音開きの扉を閉めた。

――またこのパターンか……！

歓喜仏像。それは睦み合う男女を模した仏像であり、平たく言えば無修正の男女の性交が立体で現された像である。古式ゆかしき時代から、それは春宮画と並んで、やんごとなき身分の人々の性教育に用いられてきた。李総管が、なにも言わなかったわけだ。

引き攣った顔を上げ、紅琰は早口で尋ねる。

「殿下、僭越ながらお聞きします。男女の機微《きび》についてどこまでご存知ですか。『合陰陽《ごういんよう》方《ほう》』まではいかずとも、老子の書などは……」

「孔子の教えなら知っている」

紅琰の眉がピクリと上がった。

——孔子だと？

七年にして男女は席を同じうせず、食を共にせず——つまり、手も繋がない間柄までの知識しかないということだろうか？

思えば自分たちの馴れ初めは、魔界で初心《うぶ》な雨黒燕に閨房術を教え込んだことだった。

そして、いままた人界で同じことを彼に教えるのか。

額を押さえながらふと見ると、雨黒燕の肩が小刻みに震えている。

「……大殿下、私を騙しましたね？」

「ぷっ」

途端に雨黒燕が噴き出した。肩を揺らしながらくっくっと笑う。

紅琰は苦笑し、嗜めるように雨黒燕を軽く睨んだ。

「お人が悪い」

さすがに、この年まで初心ということはないようだ。今生の雨黒燕には学友もいるようだし、戦場では男同士の会話から自然と学ぶこともあったのだろう。

「少し揶揄っただけだ、許せ。そなた相手だとなぜか気を許せるのだ。だれかおらぬか」

目の端に浮かぶ涙を拭い、側近のひとりを呼びつける。まだ日も暮れぬ時間だというのに、彼は酒の用意を言いつけた。

「大殿下、講義中ですよ」

「私はどんな女とも結婚する気はない。今日は真面目に教えたことにして、一献付き合え」

「ここは書房ですよ。それに、礼儀に悖《もと》ります」

雨黒燕はともかく、紅琰は勤務時間中だ。加えて王族と宦官という身分差がある以上、酒食の席での同席は許されない。

「では、私からの命令だ。男女の秘め事や色恋の機微など、教示する側とて、素面《しらふ》では語れぬ教えもあろう？」

雨黒燕は、どうしても酒の相手をさせたいらしい。もっともらしい屁理屈を並べて反論を封じてくる。従者の目もある中で、頑なに断るのも不敬だろう。

「ご命令とあれば、従います」

「よろしい」

雨黒燕は満足そうに頷くと、奥から一面の琴を運んできた。武人でありながら芸事にも通じているらしく、酒肴《しゅこう》が運ばれて来るまでの手すさびに琴をつま弾く姿も様になってている。元々、弾物《ひきもの》を好む紅琰は、聞き覚えのある音色にふと呟いた。

「……相府蓮《そうふれん》……？」

読んで字のごとく、その昔、晋の王倹が庭の池に蓮《はす》を植えて愛したことを叙した曲だ。百華王の庭に咲くのは蓮でなく牡丹だが、どことなく通じる想いを感じてドキリとする。

「さすがだな。蓬莱国《ほうらいこく》では想夫恋と当て字するらしい」

夫を恋い慕う——まさに、いまの自分ではないか。

「……身につまされますね」

ビイン！　と琴の弦が切れる音が響いた。

驚いて顔を上げると、雨黒燕もまた動揺した顔でこちらを見ている。

「そなた、そんな相手が？」

「えっ？　いえ、想像ですよ。私は宦官ですから、そんなはずないでしょう」

無意識のうちに、思ったことが口に出てしまっていたらしい。

宦官、という部分を強調すると、雨黒燕は愁眉《しゅうび》を開いた。ゴホン、と咳払いする。

「そうだな。宦官の中には宮女と不届きな真似をする者もいると聞くから、つい」

「……」

苦笑いするしかなかった。

実際は宦官のふりをしているだけで『宝《バオ》』はある。だが、考えてみればすでに五百年以上も前から、女性の手を握ったことはない。かつての天界の色狼《しきろう》も、いまや牙を抜かれるどころか、夫に骨抜きにされている。

「私などが、大殿下に房事をお教えするなど恐れ多いことでした。だれか他の者に……」

「必要ない。だたの口実だ。それに、私のものになれと言ったのは宮人としてではない」

「と、申しますと」

雨黒燕は少し顔を赤くした。視線を彷徨《さまよ》わせ、もじもじと言う。

「つまりその、……そう、知音《ちいん》だ。そなたと朝まで酒を酌み交わし、共に琴を奏で、肝胆《かんたん》相照《あいて》らす関係になりたい」

――朝まで、だと？

真意を探るべく、紅琰は相手の顔を凝視する。

知己も知音も親友の意に変わりはない。だが知音は親友だけでなく、恋人をさす場合もある。もちろん、前者の意味だとわかっているが、彼の気持ちを知ったいまはどうしても深読みしたくなってしまう。

――今夜は帰さない、という意味なら……。

天界で最後に情を交わしたのは二十日ほど前だったか。婚姻してから、こんなにも長く離れ離れになったのは初めてだ。ただでさえ欲求不満気味だというのに、愛する男と一晩中ともに過ごしながら文雅《ぶんが》に勤しむだけ、なんて耐えられない。

「一介の宦官に恐れ多い」

飢えた狼が据え膳を前に、朝まで我慢《マテ》なんてできるわけがない。体よく断る紅琰に、据え膳は大真面目な顔で言う。

「一介の者ではない、そなたは特別だ」

「……っ」

——この男は。

紅琰は目蓋を閉じ、天を仰いだ。丹田に気を溜め、深呼吸する。

「どうした?」

「いえ、なんでもありません」

頼むから、これ以上、男心を弄ばないでほしい。

記憶がないくせに、勘違いさせないでほしい。

それでなくとも、言葉の端々から自分への情を探しては、一喜一憂しているのだ。

「準備が整ったようだな。紅公公、飲もう」

気づくとすでに従者たちは去り、ふたりだけになっていた。奥に移動し、座卓を挟んで羅漢床《らかんしょう》に座る。雨黒燕は書房で寝泊まりすることもあるらしい。

慣れた手で酒壺を取ると、雨黒燕はふたつの杯を満たし、一方をよこした。

「一献そなたに捧げよう」

「私に？」

「今世の出会いに」

深い意味はないとわかっていても、彼の言葉にいちいちときめいてしまう。

心の中で溜息をつきながら、紅琰は杯を手に取った。

「では、大殿下に出会えたことに感謝を」

上等な酒が喉を焼き、身体が芯から燃えるように熱くなる。

同じように杯を呷りながらも、雨黒燕は紅琰から目を離さない。視線を意識するだけで息苦しく、動きがぎこちなくなってしまう。

「もう一献」

空になった杯に、今度は紅琰が酒を注いだ。さきほどと同じように、杯を干す。

雨黒燕の唇の端から零れた酒が、ツと顎を伝い落ちた。思わず、吸い寄せられるように目で追ってしまう。ほどよく厚みのある唇、整った輪郭、細めの頤。面影を探すまでもなく雨黒燕そのもので、気を抜けば「燕儿」と呼んでしまいそうになる。

「宦官のくせに飲める口か？」

手の甲で口許をぐいと拭い、雨黒燕が笑った。

弧を描く唇から視線を引きはがし、紅琰は飲み干した杯を見せる。

「恐れ入ります」

「ならば朝まで飲み比べといこうか」

朝まで理性を試されるわけか、と思ったが、断るわけにもいかない。

「受けて立ちましょう」

ぎこちなく笑い、紅琰は三杯目の酒を注いだ。


「そなた……見かけによらず酒に強いな」

ぐでんぐでんに酔っぱらった雨黒燕が、真っ赤な顔で紅琰を指さしながら突っ伏した。座卓の上には空になった酒壺が大量に並び、瓜子や落花生の殻が散らばっている。かたや酒壺から直飲みしている紅琰は素面のままだ。

「普通ですよ」

紅琰は酒壺を卓上に置き、雫が滴る唇を拭った。飲み始めてから、どれほどの時間が過ぎたのだろう。格子窓の外を見れば、もうすっかり暗くなっている。

「大殿下、そろそろお戻りになっては？　もう日が暮れました」

「それがどうした。夜は長いぞ」

雨黒燕がふらふらと立ち上がった。おぼつかない足取りでやってきて、紅琰の隣にどさりと座る。紅琰の肩に凭れながら酒壺を奪い、勝手に飲み干してしまった。

酔っ払いの典型的な絡み方だ。

呆気に取られていると、雨黒燕は緩慢《かんまん》な動作で座卓を端に押しやり、靴を脱いだ。片方ずつ、ぽんぽんと放り投げ、倒れ込むようにして紅琰の膝に頭をのせる。

「大、大殿下⁉」

膝枕をする格好になり、紅琰は頓狂《とんきょう》な声を上げる。

魔王宮でもよく膝枕をねだられていた。だが、ここは人界だ。誰かに見られたら、という心配を、すぐに雨黒燕が笑い飛ばした。

「なにを驚くことがある、父王も若い頃はよく李太監に膝枕をしてもらっていた」

「まさか」

「嘘ではないぞ、父王の口から聞いたのだからな。父王の初体験は十四歳で、相手は李太監だったと」

「…………」

歓喜仏像を真面目な顔で渡してきた上司の顔が脳裏に浮かび、紅琰は慌てて頭を振った。

他者《ひと》の性事情に興味はないし、想像もしたくない。

ふと、四海八荒を遊歴していた頃に小耳に挟んだことを思い出した。

人界の帝王は宦官との結びつきが深く、時代によっては母親や妻よりも心身の距離が近いこともあるらしい。若く美しい宦官が相手ならば尚のこと、性指南のついでに肉体関係があったとしても不思議ではないのか——そこまで考えてハッとする。

『紅公から手解きしてもらうように』

——あの言葉はもしや、そういうことだったのか？

雨黒燕は膝の上で居心地のいい場所を探し、体勢を変える。片膝を立てて仰向けになり、紅琰を見上げた。形のいい唇が、唐突に詩経の一節を口ずさむ。

「……静女《せいじょ》其《そ》れ姝《かおよ》し　我城隅《じょうぐう》に俟《ま》つ　愛《かく》れて見えず　首《あたま》を掻きて踟躕《ちちゅう》す　静女《せいじょ》其《そ》れ孌《れん》たり　我に彤管《とうかん》を貽《おく》る　彤管の煒《い》たる有り　女の美を説懌《えつえき》す　牧《ぼく》より荑《つばな》を帰《おく》る　洵《まこと》に美にして且《か》つ異《い》なり　匪《か》の女の美を為《な》し　美人の貽《おく》なればなり……」

——ひっそりと逢引した麗しの美女から、彤管《贈りもの》と茅花《ツバナ》をもらった。茅花は美しいが、それだけではない。彼女から贈られたものだからこそ、格別なのだ……。

『静女』を吟じる彼の声は低く、濡れた瞳は微かに熱を孕《はら》んでいる。

酔っているせいか、それとも別の情からくるものなのか。

「想い人と、逢引をなさったことが？」

「したかったが、何度、同じ場所を訪ねても会えなかった」

「初恋の仙女とやらのことですね」

「そうだ。私に、牡丹をくれた」

「茅花ではなく？」

「揶揄うな」

雨黒燕が目を細め、手を伸ばして紅琰の頬に触れる。急に、鼓動が速まるのを感じた。

あの仙女がくれた牡丹だからこそ、格別なのだ——『静女』になぞらえ、慕情の向く先を告げながら紅琰を見つめている。

「大殿……」

「一目見た瞬間にわかった。……正直に言え、仙女《あれ》はそなただったのだろう？」

思わず雨黒燕の顔を凝視した。

確信を持っているかのような強い瞳に、どう答えていいかわからなくなる。

八歳の彼が邂逅《かいこう》したのは確かに紅琰だ。だが、彼の人生に与える影響の大きさを思うと、ここで認めるわけにはいかない。

「……大殿下、酔いすぎです」

聞かなかったこととして、紅琰は頬に触れる手をそっと退《しりぞ》けた。

だが雨黒燕は逆にその手を掴み、強く握り締めてくる。武器を使い慣れた手はところどころ蛸があり、指先は固くなっている。魔族の雨黒燕にはない、生身の人間の感触だ。

「なぜ消えた？　なぜまた俺の前に現れた？　俺はずっと待っていた、そなたをずっと」

答えられない紅琰に、彼は切なく問いを重ねる。

紅琰を責めているのではない。わかっているのに胸が痛む。

――紅琰を、待っている。

「酔い覚ましの汁物をお持ちしましょう」

紅琰は逃げるように立ち上がった。だが酔っぱらいは、強く掴んだ手を離さない。

「答えてくれ、紅雪塔」

「……っ……」

答えを求められても、いまの雨黒燕に言えるはずはない。

長い沈黙の後《のち》、雨黒燕はゆっくりと首を振った。上体の向きを変え、両腕でしがみつくように紅琰の腰を抱く。豊かな黒髪が、膝の上で夜の海のように波打った。

「答えられぬのなら、それでもよい。そなたが何者でも構わぬ。約束通り、また会えたのだ。もう離さぬ……」

あくまでも蜀黍国の王子としての言葉だとわかっていても、最後の一言が嬉しくて、振り払うことができない。

人だろうが、魔族だろうが、雨黒燕は自分との約束を忘れない。それがわかっただけでも心が震え、愛おしさが溢れそうになる。

「大殿下、牀でおやすみください。子供みたいですよ」

肩に手をかけ、揺さぶる。

雨黒燕は紅琰の腹部に顔を埋めたまま、くぐもった声で答えた。

「なら大殿下ではなく、小燕子と呼んでほしい」

母親の愛を知らない今生の雨黒燕は、ずいぶんと甘えたらしい。紅琰は煩悩《ぼんのう》を抑えつけ、男の肩を優しく叩いた。

「起きてください、小燕子」

「もう一度」

「小燕子」

「もう一度だ」

「小燕、……燕儿」

「うん……」

腰に巻き付いていた腕が緩んだ。再びごろりと仰向けになった雨黒燕が、紅琰の膝の上で幸せそうに微笑む。

「ふふ……不思議だな、そなたからはいい匂いがする……懐かしい、花の香り……」

ドキリとした。

膝枕で寛ぐ姿が、あまりにも雨黒燕そのものだったからかもしれない。乱れた髪を指先で軽く整えてやりながら、紅琰はやれやれと息をついた。

（天界の花花男子《プレイボーイ》も、やきが回ったものだな……）

雨黒燕は目蓋を閉じ、心地《ここち》よさそうに紅琰に身を任せている。

若さ故か、それとも酒のせいか、衣越しに伝わってくる体温は子供のように高い。胸が上下するたびに、緩めた襟元から盛り上がった胸筋がちらりと覗く。それがあまりにも目に毒すぎて、咄嗟に片手で両目を覆う。

「燕…じゃなくて大殿下、起きてください。大殿下……？」

返事はない。代わりに、規則正しい呼吸音だけが聞こえてくる。

ひとの気も知らないで、どうやら本格的に眠ってしまったらしい。

紅琰は雨黒燕を起こさないように膝から下ろし、立ち上がった。座卓を片付け、彼を横抱きにして牀の中央に寝かせる。

——いったい、どこまで私の理性を試せば気が済むのだ？

牀の縁に浅く腰掛け、紅琰は愛おしい男の顔を見つめる。

蝋燭の灯りに浮かび上がる雨黒燕の寝顔は、ひどく無防備だ。美味そうな据え膳を前に、紅琰は唇を舐めた。

——いっそ、食らってしまおうか。

だが、この据え膳は、正確には雨黒燕ではない。

魂は確かに彼のものでも、身体は転生した人間のそれである。

もし、この身体に手を出したら、浮気とまではいかなくとも、罪悪感は残るだろう。な

により、後から雨黒燕が知ったら悲しむかもしれない。そう思うと、味見もできない。

（ま……いまは宦官に成り代わっているわけだしな……）

ないはずの宝がぶら下がっているのを見られたら、驚かれるだけではすまないだろう。

「……燕儿……」

ひとつになりたい。

柔らかそうなその唇に口接けたい。戦場で鍛えられたその身体を慈しみ、抱き締めたい。

見下ろすうちに、押し込めていたはずの欲望が再び膨れ上がってくる。

――ほんの少し、触れるだけだ。

紅琰はゆっくりと身を乗り出した。雨黒燕の顔の横に手を突き、覆いかぶさる。

落ちかかる髪を掻き上げ、顔を近づけた。温かな吐息が触れ合うのを感じながら、睫毛を伏せる。唇にほんの一瞬、掠《かす》めるような接吻をしてそっと離れた。

「燕儿、姿かたちがどう変わろうとも、私はそなたを愛しているぞ」

魂が雨黒燕である限り、想いは変わらない。

幾度となく噛み締めてきた言葉を口にすると、眠っている雨黒燕が寝返りを打った。

「……う、ん……」

微かに声を漏らし、自身を抱き締めるように身体を丸める。

まだ夜は冷える。このままでは風邪をひかせてしまう。

衣冠を整え、紅琰は室内を見回した。衣桁《いこう》にかかっていた上衣を取り、雨黒燕にかけようとして、ふと視線が書斎の飾り棚に流れる。

そこには、とうの昔に枯れた牡丹が一輪、花器にひっそりと飾られていた。


翌朝、支度のために書房を訪ねると、雨黒燕は牀の上に胡坐《あぐら》をかいて座っていた。

「お目覚めでしたか。そろそろ、朝のお支度を」

「……ああ」

やけに口数が少ない彼に銅製の手水で顔を洗わせ、参内用の朝衣《ちょうい》への着替えを手伝う。

雨黒燕の居処は人手こそ足りているものの、女手が少ない。着替えの手伝いや給仕なども、宦官が担っているようだ。

（断袖《だんしゅう》、というわけでもなさそうだが……）

いらぬ心配をしつつも、どこかでホッとしている自分がいる。

「喀《ゴホン》！　あー……喀《ゴホン》！」

「？　どうかされましたか」

着せやすいよう両腕を広げて立っていた雨黒燕が、幾度か咳払いしたのちに口を開いた。

「いや、その……よく、覚えていないのだが、昨夜……」

「膝の上で眠ってしまわれたので、そのまま牀でお寝みいただきました」

雨黒燕の顔が赤くなる。

明るいうちから痛飲したまではよしとしよう。だが宦官に膝枕をさせ、そのまま眠り込んでしまったのだ。会話の内容をどこまで覚えているかはわからない。だが、いずれにせよ、消したい記憶には違いない。

「……手、手間をかけさせた、な」

雨黒燕の声がひっくり返った。

紅琰が背後から抱き着くような格好で腰に腕を回したからだ。

「滅相もない。今朝のご体調はいかがですか」

前に回した手で、袍の上から胴締を締める。この程度で耳まで赤くする雨黒燕が可愛くてたまらない。紅琰は何食わぬ顔で前に回り、胴締から腰佩《ようはい》を吊り下げた。

「飲み比べと先に言い出したのは私だからな。酒には慣れているつもりだったが、そなたの強さは戦場の兵士たちもかなうまい」

平気そうな顔をしているが、やはり昨日の酒が残っているのだろう。頭痛がするのか、眉間に皺《しわ》が寄っている。これから朝議に出るというのに、二日酔いでは大臣たちの前で示しがつかない。

「先程、朝餉《あさげ》はいらぬとのことでしたが……気分がすっきりする汁物をお持ちしましょう」

「……頼む」

蚊の鳴くような声で呟き、雨黒燕は外の空気を吸いに出て行った。

片付けは後回しにし、紅琰は酔い覚ましの汁物を頼みに膳房へと向かった。

途中、ふと気配を感じ、だれもいない物陰に身を潜ませる。

「二殿下」

「冬柏か」

身を隠した紅琰の前に、冬柏が姿を現した。拝礼した彼は、宦官の官服を纏った主を見てひどく面食らった顔をする。

「ご報告……の前に、二殿下、その格好……」

「変装だ」

平然と答えた紅琰だったが、表情は渋い。たしかに我ながら落ちぶれたものだ。

なにしろ、かつては天界一のモテ男ともてはやされた百華王が、格好だけとはいえ、人界でもっとも女色から遠いところにいる宦官に身をやつしているのだ。

冬柏は肩を震わせ、笑いをこらえながら俯いた。

「わかっております、だれにも言いません。花花男子《プレイボーイ》と誉れ高い二殿下が、健気《けなげ》にも夫のために宦官に身をやつし、禁欲的な生活をなさってるなんて……とてもとても」

「無駄口はいいから、早く報告しろ。そなたが来たということは、進展があったのだろう」

冬柏は咳払いして真面目な顔を作った。

「はい。太子殿下が元の姿に戻られました」

「それは重畳《ちょうじょう》。解毒薬が調合できたのだな。それで？」

「内傷も癒え、毒の後遺症もなく、心身ともに問題はないとのこと」

紅琰はほっとした。だが肝心《かんじん》なのは、その先だ。

「兄上の記憶は？　魔王宮で兄上を襲った者のことは覚えていたのか」

「それが……太子殿下いわく、刺客は覆面をしていたため、顔は見ていない、と。ただ、刺客は女性だったそうです。内傷は霊力で攻撃されて負ったものであり、刺客が魔族だった可能性は低い……と」

「それは誠か⁉」

「本当です。危ういところを魔王太子に助けられたと、天帝の前ではっきり証言なさいました。天帝は誤解があったとして魔王太子殿下の拘束を解き、御身はすでに精華宮に移しております。調査は打ち切られ、刺客の正体はわからないままです」

「また……父帝が、強引に決めたのか」

はい、と冬柏が頷く。

雨黒燕の容疑はすべて晴れ、月季も元に戻った。雨黒燕から修為を奪う大義名分を失い、天帝は手を引いたのだろう。東宮夫夫《ふさい》がすんなり納得したとは思えないが、天帝の意向なら従う他ない。

　ひとまず安堵しつつも、紅琰は眉を寄せて黙り込む。

　天宮の調査機関とて木偶坊《でくのぼう》ではない。刺客の正体を明らかにしないまま、早々に幕引きを図ったことには理由があるはずだ。よほど天宮にとって都合の悪い事実が出てきたのか、あるいは刺客の背後に、公にできない黒幕がいたか——。

（その黒幕に、父上が気づいたのだとしたら……？）

　黒幕。今回の件で、得をするはずだった者。

　月季に毒を盛り、戦神を弱体化させ、天の太子の座から引きずり下ろそうとした者。

　魔界にまで刺客を送っていることから、狙いは月季に間違いない。雨黒燕が巻き込まれたのは偶然か、あるいは最初から狙って陥れられたのか。

　仮に前者ならば、連理が戻り、戦神が復活したいま、東宮の守りは万全だ。再び魔の手を伸ばすほど相手も愚かではないだろう。あとは雨黒燕の魔魂が身体に戻れば、すべて元通りになるはずだ。

　そこまで考え、紅琰は思わず身震いした。

　もし、後者だったら？

　雨黒燕はいま、人界で凡の人間に転生している。無論、紅琰が傍についている限り、簡単に手出しはできまい。だが天族だろうと魔族だろうと、肉体という殻から抜け出した魂はひどく無防備だ。気海丹田に気を巡らせることができて初めて、力を使うことができる。よしんば、黒幕がまだ諦めていないとしたら――次に狙うのは、転生した体から魔魂が抜け出した瞬間ではないのか。

「二殿下、どうされました？　顔色が……」

「なんでもない。ちょっと胸騒ぎがしただけだ」

この予想が合っているかどうかは、その時になってみないとわからない。

ただ、黒幕の正体がわからない以上、用心するに越したことはない。

紅琰は気を取り直し、冬柏に向き直った。

「冬柏、頼みがある」

「はい、なんでしょうか」

袖の中を探り、取り出した巾着《財布》を冬柏の手に握らせる。ずしりとした重さに驚いた冬柏は、引き攣った表情で後退った。

「ななななんですかこの金は!?　私への迷惑料なら全然足りませんけども！」

「後宮内の物置部屋に、〝紅雪塔〟の遺骸《いがい》が隠してある。天界に戻る前に、葬儀代をつけて家族の許に帰してやってくれ」

勘違いに気づき、冬柏は赤くなって咳払いした。

「そういうことなら、早くおっしゃってくださいよ」

「勝手におまえが勘違いしたんだろう」

冬柏の額を指で小突き、紅琰は笑った。たしかに、冬柏にはいつも苦労をさせてばかりいる。天界に戻ったら、いままでの分も含めて労ってやらなければ。

「首の痕は化粧で消し、本当の死因は知らせるな。あとは……わかっているな？」

立身出世を夢見て入宮した息子が、変わり果てた姿で戻ってきた親の気持ちは察するに余りある。せめてもの慰めに、残された家族が生涯、安泰に暮らせるようにしてやりたい。

「慎んで拝命いたします」

冬柏は丁寧に拝礼し、一瞬で姿を消した。


花妃の懐妊が公表されたのは、それから間もなくのことだった。

大王はいたく喜び、近々、祝いの宴《うたげ》を開く予定だと聞いている。ただ、その宴を仕切るのは王后らしい。後宮の主として差配する立場とはいえ、心中穏やかではないだろう。

蜀黍ではいまのところ、王后の産んだ嫡嗣、長春が太子の座に一番近い。正妃が先に産んだ男児であり、五体満足で健康状態にも問題はない。

だがそれとは別に、大王が花妃をだれよりも寵愛していることは誰もが知る事実である。

もし花妃の産んだ子が男児だった場合、大王は、花妃の子を太子に立てるのではないか

――そんな憶測が、いまや後宮の至る所で囁かれている。

それを気にしてか、王后は国内で高名な学士を何人も呼び寄せた。まだ幼い長春に師傅《しふ》をつけ、朝な夕な四書五経を諳んじさせているという。

我が子の聡明さを大王に示そうとしているのだろう。

(今世の雨黒燕が、庶子なのは幸いだった……)

帝位争いは血族の疲弊《ひへい》を招き、こじれた感情は後々まで尾を引くものだ。

自ら土俵を降りた者として、紅琰はそのつらさを痛いほど知っていた。


朝議を終えて帰ってきた雨黒燕が、着替えながらふと思い出したように振り返った。

「そういえば、祝宴が延期になったそうだな」

彼の背後に立ち、袍を脱がせていた紅琰の表情が曇る。

「また……ですか」

「ああ。父王も気を揉んでおられた」

花妃は体調が安定しないらしい。

懐妊が発表されてから、すでに三か月以上が経過している。

血を吐くほどの悪阻《つわり》に見舞われ、寝付いてしまったらしい。やつれた見苦しい姿を見られたくないと、最近は大王の訪いも断っていると聞く。

祝宴が延期されるのも、これで三度目だ。治まったと思うとすぐまた調子を崩すことの繰り返しで、いまだに枕も上がらないとなれば致し方あるまい。各処への負担を考え、宴自体を取りやめようとする動きも出てきている。

「王上もご心痛でしょう」

「ああ、……吭吭《ゴホゴホ》ッ」

雨黒燕がふいに咳き込んだ。

部屋には茶器が置かれている。急いで茶杯に水を注いで差し出すと、雨黒燕は喉を鳴らして飲み干した。それでもまだ違和感があるのか、眉を顰めて咳払いする。

「夏風邪は長引くと申します。今朝も咳をしておいでしたし、念のため、医官に診ていただいては」

「大袈裟《おおげさ》だな。少し休めば治る」

「しかし……」

風邪でも命を落とすことはある。

そう言いかけて、紅琰は尻すぼみに口を閉じた。

人界での彼の寿命はあと一年もない。病気か怪我か、いったいどんな死に方をするのだろう。考えるだけで、胃の辺りが冷たくなる。

「そう言えば、紅公公は医療の心得があったのだったな」

雨黒燕が思い出し笑いを浮かべ、手首を差し出した。その屈託《くったく》ない笑みに、魔王太子としての彼の見慣れた笑顔が重なる。紅琰はすぐに雨黒燕の脈を取った。

「どうだ？　太医を呼ばねばならぬほど私は重病か？」

自信たっぷりに雨黒燕が訊ねる。自分が余命わずかとは微塵も思っていない顔だ。

紅琰は手首から手を離し、衣の上から肋骨の下に触れた。雨黒燕が一歩後退り、顔がうっすら赤くなったが、特に苦しがる様子はない。熱もなく、ひとまず安堵する。

「軽い風邪といったところでしょうか。喉を潤し、充分に休養を」

「はは。紅公公は、心配性だな。ならば今日は酒は控え、兵法書でも読むことにしよう」

着替え終えた雨黒燕が書斎に引き上げると、紅琰は尚薬局に向かった。

劉太医を長とする尚薬局には、数十人もの優秀な医師たちが所属している。大王の傷病を専門に診る太医と、医薬の処方や衛生を管理する医官や医士からなる大組織だ。彼らが診るのは王族や妃嬪だけでなく、王命で妃嬪の血族や寵臣《ちょうしん》など、宮廷に縁の深い者の府邸に派遣されることもあった。

「これは、紅公公。どうかされましたか」

中に入ってすぐ、医療記録をつけていた若い医官が紅琰に気づき、駆け寄ってくる。王族の医療記録などの最高機密も扱う尚薬局は警備が厳しい。新人宦官など門前払いか、よくて後回しにされると思っていた紅琰は、彼の丁寧な挨拶に驚いた。

「私の名をご存じとは……どこかでお会いしましたか」

若い医官は気さくに笑って首を振った。

「失礼、お会いするのは初めてです。でも、尚薬局《ここ》では有名人ですよ、医家出身でもないのに、劉太医顔負けの知識で長春殿下の病を治した若い宦官がいるって」

「少しかじっただけの付け焼き刃ですよ、お恥ずかしい」

紅琰は苦笑いしながら片手を振った。

実際、長春が過敏症《アレルギー》程度だったからよかったものの、もっと難しい病気だったら、さすがに手に負えなかっただろう。

だが、若い医官はそれを謙遜《けんそん》と捉えたらしい。

「とんでもない。それで、今日はまたどんなご用件で？」

「大殿下が朝から咳をしておられるので、この処方通りに生薬《しょうやく》をいただきたい」

処方内容を走り書きした紙を差し出すと、若い医官はサッと目を走らせた。唸りながら額をペチリと平手で叩く。

「いやぁ、噂通りですね。桔梗、甘草、生姜《しょうきょう》、人参、大棗《タイソウ》……」

「匂いが強いので、ここで煎じていきたいのですが」

「すぐに用意します。中庭に面した竈《かまど》部屋でお待ちを」

若い医官は奥へと姿を消し、紅琰は言われた通り、薬を煎じる部屋へと向かった。

尚薬局の医官や医士たちはみな、慌ただしく立ち働いている。机卓で医学書を調べる者、施薬や医療記録をつける者、仕入れた薬材を選別し、外で天日干《てんぴぼ》しする者。薬研で薬材を細かくしたり、秤《はかり》で薬材を計る者。ぶらぶら歩く紅琰には目もくれない。

竈部屋には数人の先客がいて、そのほとんどがどこかの宮の侍女だった。皆うちわで竈の火を煽ぎながら、薬鍋《くすりなべ》で薬を煎じている。

彼女たちの邪魔にならないよう、紅琰はできるだけ隅に身を寄せて医官を待つ。

（おや、彼女はたしか、花妃のところの……）

奥の竈で薬を煎じている少女は、たしか花妃を訪ねたときに、玉蘭の隣に控えていた侍女だ。名前は知らないが、大きな泣き黒子《ぼくろ》が特徴的だったから、なんとなく覚えていた。

大方、花妃に処方された安胎薬《あんたいやく》でも煎じているのだろう。

（んん……？）

紅琰は目を眇めた。

彼女の斜め後ろで、薬を煎じている女にもなんとなく見覚えがある。さっきから泣き黒子の様子をちらちらと窺っているが、どこで見かけた顔だったか。

しばらく眺めていた紅琰は、はたと思い出した。

そうだ。長春の急病騒ぎのとき、王后に耳打ちしていた侍女だ。

美人でも不細工でもなく、これといって特徴のない容貌だから、すぐに思い出せなかった。立ち居振る舞いも控え目で、印象にも残らない。そんな彼女を、なんとなく目で追っていたときだった。

「あっ！」

薬鍋を持ち上げた王后の侍女と、同じく立ち上がった花妃の侍女の尻同士がぶつかった。薬鍋が手から離れ、花妃の侍女の衣にかかる。

「あちっ！」

「ごめんなさい！」

幸い、ふたりとも火傷《やけど》はしなかったようだ。だが、花妃の侍女の衣は濃い茶色の薬湯がかなり染み込んでしまっている。王后の侍女は何度も謝りながら手巾を渡した。

「ごめんなさい、私の不注意よ。予備の服があるなら着替えてきて」

「でも……」

「出来上がるまでまだ時間がかかるでしょう。私が見ているわ」

薬を煎じている最中に火の傍から離れてはいけない。それは鉄則だが、汚れた衣のままでいるのは恥ずかしかったのだろう。花妃の侍女は迷いつつも「悪いわね」と後を頼み、小走りに出て行った。

敵対する女主の侍女同士、陰険な嫌がらせかと思ったが、勘ぐりすぎだったようだ。

安堵しかけた、まさにそのときだった。王后の侍女が袖から何かを取り出すのが見えた。咄嗟に物陰に身を隠し、彼女の手元を凝視する。

（……薬瓶？）

掌の中に隠せるほどの、小さな薬瓶だ。王后の侍女は視線だけで周辺を見回し、だれも自分に注意を向けていないことを確認すると、花妃の侍女が煎じていた薬鍋の蓋を開けた。

（！）

白く上がる湯気の中、彼女の掌に隠された薬瓶から、粉状のものがさらさらと薬湯に落ちる。薬鍋の蓋を素早く締めると、彼女は薬瓶を袖にしまい、何事もなかったかのようにまたうちわで火を煽り始めた。

（…………）

一部始終を見ていた紅琰は、きつく眉を寄せて踵を返した。

あの薬瓶の中身がなにかまではわからない。だが、王后の侍女が人目を忍び、花妃の安胎薬になにかを混入させた。それは自身の目で目撃した、紛れもない事実だ。

──なるほどな……。

あの日の花妃の言葉が思い出される。

『そなたに四六時中ここで傅けという気はない。ただ、いざというとき私のために働いてほしい』

あれはまさに、いま見たような事態への備えだったのだ。

「おっと」

「紅公公⁉　どこへ……」

ちょうどそこへやってきた若い医官とぶつかりそうになる。

紅琰は一瞬だけ足を止め、早口で伝えた。

「申し訳ない、急用ができたので、薬はまた後で受け取りに来ます」

「え？　ええ、構いませんが……」

戸惑う若い医官を残し、尚薬局を出る。

こういうとき、術が使えないのは不便だ。天界なら花妃の寝宮まで一瞬なのに、人界では自らの脚で歩かねばならない。途中、衣を着替えて戻っていく先程の侍女とすれ違ったが、あえて声をかけず、そのまま花妃の許へ向かう。

「花妃娘娘にご挨拶を」

取次ぎに急用だと告げると、すぐに玉蘭がやってきて中へと通してくれた。総管クラスならまだしも、衝立《ついたて》なしで拝顔の栄《えい》に浴する宦官は滅多にいない。少し話しただけだというのに、随分《ずいぶん》と信頼を得たようだ。

「礼は免じる、紅公公」

顔を上げると、薄い帳子《チャンズ》に囲われた架子牀で、花妃は半身を起こしていた。薄い絹越しに透けて見える身体は、以前に拝眉《はいび》したときよりさらに細くなったように見受けられる。

「珍しいな。そなたからやってくるとは。なにかあったか」

「……残念ながら、花妃娘娘のおっしゃった〝いざ〟と言うときが来たようです」

紅琰の言葉を聞くや否や、花妃は玉蘭以外の侍女をみな下がらせた。

「話してみよ」

悪阻で弱っている女性に、さらなる衝撃を与えるのは躊躇われる。だが、腹の子に何かあってからでは遅い。尚薬局で見たことをありのままに伝えると、花妃は意外にもあっさりと頷いた。

「そうか。ご苦労だった」

「……それだけですか?」

「それだけとは?」

「……もっと動転されるかと……」

花妃は袖で口許を押さえ、喉を鳴らして笑った。

「腹の子がしぶとい故、敵も焦っておるのだ。しかし、妾《わらわ》の侍女を利用するとは」

「……?」

話が呑み込めないでいる紅琰に、横から玉蘭が口を添える。

「ここだけの話ですが、花妃娘娘は入宮以来、幾度も不妊を招く薬を盛られております。

そのため、ご懐妊の兆候も、しばらくは王上にさえ伏せておられました」

「……今回が初めてではない、と？」

玉蘭がこくりと頷いた。

王后は、早い段階から花妃の妊娠を警戒していたのだろう。

古より、後宮内で不妊や流産を招く香や薬が使われた例は少なくない。健常な者にとっては滋養薬となりうるものでも、妊娠初期に服用すれば危険なものである。贈り物でなにかが起きたとしても、加害者が知らなかったと言い張れば、たいした罪には問われない。

「では、花妃娘娘のご体調がなかなか安定しないのも、王后の策謀《さくぼう》のせい……」

「わざわざ言うまでもなかろう。それに、仕掛けられたのは妾に限ったことではない」

「というと？」

花妃は呆れたように空笑いした。

「紅公公、蜀黍の後宮には妃が大勢いる。なのになぜこうも子が少ないか、不思議に思ったことは？」

言われてみれば、たしかにその通りだった。

蜀黍国の後宮に迎えられた妃嬪の数は決して少なくない。にもかかわらず、雨黒燕を除けば、これまで無事に五歳を超えた男児は正妃腹の長春のみ。他には身分の低い妾妃の産んだ姫が数人いるだけだ。否、雨黒燕は後ろ盾のない庶子であり、王位継承権から限りなく遠いからこそ男子でも生き残れた――と言った方が正しいのか。

ざわりと、胸の奥がさざめく。

「花妃娘娘が入宮されるまでにも、蜀黍の後宮では流産や死産が多くございました。そのせいで子を埋めない身体になった妃が相次いだため、王上は花妃を最後に、もう妃は増やさぬと宣言されたのです」

玉蘭から説明されるまでもなかった。

だれの仕業かわかっていても、みな確たる証拠が掴めなかったのだろう。

蜀黍の王后は寵臣の嫡娘であり、多少の過ちや横暴程度なら、大王が処分を下すことはない。

表沙汰にすれば次は用心され、より巧妙な罠を仕掛けられるだけだ。抗えるだけの知恵や後ろ盾がない者は、腹を探り合いながら息を潜めて生きるしかない。

「なんと残忍な」

醜悪《しゅうあく》な事実に、思わず呟く。

だが、花妃は帳子《チャンズ》の向こうで小さく笑った。

「母は子のためなら命を懸けるもの。権謀術数《けんぼうじゅっすう》を巡らすのは当然ではないか」

「しかし、国の繁栄のためには王族を増やすことも大事です。兄弟仲良く助け合えば国も安定するのでは」

「いくら兄弟仲が良くとも、王の座はひとつだけだ。わけあえぬものは争って勝ち取るのが帝王の子の宿命」

「――っ……」

紅琰は唇を噛んだ。

どこかで聞いたような台詞。どこかで言われたような言葉。

それがいつだったかは、思い出したくもない。

「お話し中、失礼いたします。花妃娘娘、王上の使いが参りましたが……」

扉の向こうから、侍女の声が聞こえた。

花妃は通すように言い、退出しようとしていた紅琰を制止した。

「紅公公、そなたの役割はまだ終わっていない。……玉蘭」

「はい」

玉蘭が微笑み、戸惑う紅琰を手招きする。

「紅公公、こちらへどうぞ」

言われるまま、紅琰は衝立の後ろに身を潜めた。

「どういうことです？」

「嘘《シー》、静かに」

美しい刺繍絵が施された布張りの衝立は、大王からの贈り物らしい。部屋の間仕切りとしても使える大きさで、大人ふたりでも余裕で背後に身を隠せる。

「花妃娘娘に拝謁いたします」

牀の周りに侍女たちが控える中、大王の使いが入ってきた。李総管の右腕である中堅の宦官だ。従えてきた宮人たちを外で待たせ、牀から離れたところで恭しく拝礼する。

「顔を上げよ。ご苦労であったな、黄《ファン》公公」

「とんでもございません。大王が大変、心配なさっておいでで……」

寝所は明るく、衝立のこちら側は暗い。そのため、使者たちのほうから紅琰の姿は見えないが、こちら側からは寝所の様子がぼんやりと透けて見えた。

「……お腹の子に代わり、王上にお礼を申し上げます」

大王が花妃を案じているというのは本当らしい。花妃の侍女たちが、人の顔ほどもある霊芝や口当たりのよい南国の果物など、たくさんの贈り物を受け取っている。

「花妃娘娘」

戸口のほうから聞き覚えのある女性の声がした。

例の侍女が、尚薬局から戻ってきたようだ。

「花妃娘娘、安胎薬を煎じてまいりました。どうぞ冷めないうちに」

「嗯《うむ》」

侍女は薬湯の器を載せた盆を持ち、静かに牀に近づいた。帳子《チャンズ》の合わせ目から白い手が伸ばされ、蓮華と器を受け取る。

皆の目の前で、花妃は薬湯をすくった蓮華を口に運んだ。

（な……っ）

紅琰は目を疑った。

あの安胎薬には、得体のしれない何かが盛られている。花妃の胎の子を害するものに違いないのに、なぜ口にしようとするのか。

思わず、衝立の後ろから飛び出そうとした紅琰の袖を、玉蘭が掴んで止めた。振り返ると、彼女は唇の前で人差し指を立て、首を振った。

「なぜ……!?　花妃娘娘がどうなってもいいのですか？」

小声で抗議したが、玉蘭は首を振るだけで、袖を放そうとしない。

「――花妃娘娘‼」

衝立の向こうで悲鳴が上がり、紅琰は反射的に振り返った。

牀のすぐ脇に器が転がり、零れた薬湯が床に広がっている。帳子の中で苦しむ花妃の声が聞こえ、側仕えの侍女が慌てた様子で叫んでいた。

「花妃娘娘！　どうなさったのです？　しっかりなさってくださいっ」

「だれか、太医を！」

悲鳴じみた声が響く中、黄公が薬湯を運んできた侍女を指さした。

「なにをしている！　そこの者を取り押さえよ！」

「わ、私は、なにも……っ」

訳もわからず震える侍女を、駆けつけてきた宮人たちが取り押さえる。濡れ衣を叫ぶ彼女が部屋から引きずり出されると、玉蘭が衝立の裏から姿を現した。

「黄公公、王上にお知らせしてください。花妃娘娘と、お腹のお子の一大事です」

「は、はい‼　すぐに！」

血の気が引いた顔で黄公公が飛び出していく。

玉蘭は残った侍女たちを外に出し、扉を閉めさせた。証拠となるものを確保した上で、花妃に声をかける。

「花妃娘娘、これでよろしいですか」

「ああ。……紅公公」

花妃に呼ばれ、紅琰は隠れていた衝立の陰から出た。白い手が帳子《チャンズ》を少し開いて手招きしている。帳子の隙間から見える花妃に、紅琰は声をかけた。

「花妃娘娘、なぜこのような愚かしいことを……お腹の子が流れてもいいのですか？」

花妃は息も絶え絶えに紅琰を見る。青ざめた顔には壮絶な笑みが浮かんでいた。

「流れぬ程度の量しか飲んでおらぬ。このくらいせねば、王上を動かすことはできぬ」

「だとしても、子供を盾に取るなんて……！」

「寵妃腹の子だからこそ、一撃必殺の武器となり得るのだ」

「花妃娘娘……。とにかく、経脈を確認させてください」

手を伸ばし、帳子の隙間から脈を取ろうとする。だが、花妃は手を払い退け、膨らみかけた下腹を愛おし気に撫でた。

「この子は男児……母にはわかる。私は必ずやこの子を産み、我が国の王にしてみせる。そのためにも、後顧《こうこ》の憂いは断ち切らねばならぬ」

咳き込んだ拍子に、花妃が血を吐いた。口許を押さえた衣の袖が真っ赤に染まる。

背中を擦っていた玉蘭がたまりかねたように言った。

「花妃娘娘……！　どうか横になってください」

「このままでよい。それより、紅公公」

息をつき、花妃が顔を上げる。口許を血で染めた鬼気迫る表情に、なぜか百華仙子の顔が重なって見えた。

（……ははうえ……）

脳が痺れたようになり、その場から動けなくなる。

点と点が繋がり、一本の糸になる。

言葉を失ったままの紅琰に、花妃が強く迫った。

「紅公公、尚薬局で目にしたこと、すべて王上の前で証言してくれるな？」

「……！」

紅琰の瞳が、はち切れんばかりに見開かれる。

天帝によく似た大王と、百華仙子に瓜二つの花妃。男児が育たない後宮に、数多の妾妃。

長春《月季花》を生んだ王后は、懐妊した寵妃に様々な毒を盛り、子を産ませまいとしている。

その策謀を寵妃は逆手に取り、王后とその息子を葬《ほうむ》るつもりだ。

（同じだ……これは……）

紅琰は唇を噛み、俯いた。

大昔に天界を揺るがした、あの大事件を、そっくりそのままなぞってでもいるようだ。

紅琰はカラカラになった喉に唾を送り込んだ。

目の前の光景が灰色になり、だれの声も聞こえなくなる。心臓の音がやたらと大きく鳴り響き、頭の中を優しい母の顔がぐるぐると回る。

百華仙子も、紅琰を懐妊中に前天后から様々な毒を盛られた。胎崩丹《タイボンダン》もそのひとつだ。

幸い、致命的な量を飲む前に気づき、危ういところで流産を免れたと聞いている。紅琰が生まれながら多くの毒に耐性を持っているのも、その災いが転じた結果だと。

（しかし――）

百華の主、百華仙子は花精を統括する花の女神だ。百草《ひゃくそう》に通じ、そこから作られる薬や毒も知り尽くしている。

そんな彼女が、盛られた毒に気づかないということがあり得るのだろうか？

どれだけ飲めば母胎に影響するか、どれだけ飲めば命の危険があるか。わかった上で、あえて口にしたのだとしたら？　そして、飲み残された胎崩丹の行方は——。

「…………ッ」

湧き上がる黒い疑念に、しらず、握り締めた拳が震える。

当時、百華仙子が天宮随一の寵妃でなかったら、天帝は本気で調査させただろうか。

毒の正体が胎崩丹と判明し、万事休《ばんじきゅう》した前天后は、月季を連座《れんざ》させないために文字通り命を尽くした。百華仙子が天后となった後も、なぜか他の妃から男児は産まれていない。

——忌まわしいあの事件からの流れすべてが、仕組まれたものだったとしたら？

太子候補から転落した『罪人の子供』は脅威ではない。唯一、計算違いがあったとしたら、それは生き延びた月季が、紅琰の辞退によって太子に返り咲いたことではないのか。

「答えよ、紅雪塔！」

鋭い叱咤に、紅琰はビクッと肩を震わせる。

顔を上げると、青ざめた花妃と目が合った。

「……我……」

刹那《せつな》、先ぶれの声が高らかに響き渡った。

「王上のおなり——！」

太医や側近を引き連れ、大王が足早に入ってくる。

紅琰は口を閉じ、目を伏せて叩頭《こうとう》した――。


前王后が処刑され、蜀黍の内廷を揺るがした側妃毒殺未遂事件が幕を下ろしてから、およそ七カ月が過ぎた。

花妃は無事に男子を産み、喜んだ大王は、褒賞として次の王后に封じることを決めた。

花妃は一介の側妃から、王后の座へと一気に昇り詰めることとなったのである。

「どうした、紅公公」

先程から黙りこくっている紅琰に、雨黒燕が声をかける。

ふたりがいるのは、宮殿の裏門の前だった。

痩せた馬が繋がれた粗末な馬車が二台、ひっそりと横づけされている。普段、王族や寵臣たちが使う馬車とは似ても似つかぬ、みすぼらしい馬車だ。荷車に積まれた目的地までの食料も、護送する兵の数も、驚くほど少ない。

「いえ……。大殿下こそ、祝いの席に出なくてよろしいのですか」

宮殿の中ではいま、賑やかな式典の真っ最中だ。

本日をもって、花妃は正式に王后として封じられる。いまごろは、寵臣たちが媚びた顔で祝いの言葉でも述べているだろう。

「構わぬ。花妃の立后など俺には関係のないことだ。それよりも……」

雨黒燕が溜息をつき、馬車に乗り込もうとしている白い喪服姿の長春に視線を投げた。

「まだ年端《としは》もいかぬ二弟を、たったひとりで宮から去らせたくない」

王族を害するは大逆《たいぎゃく》無道《むどう》の罪であり、誅《ちゅう》は九族に及ぶ。

紅琰の証言によって王后の侍女は捕縛され、拷問《ごうもん》の末に王后の関与を認めた。

例の薬湯に盛られていた薬には、滑胎《かったい》を招く作用があったらしい。滑胎とは習慣性流産のことだ。それを処方した劉太医は、王后から見返りとして多額の賄賂《わいろ》を受け取っていた。

証拠と証言が一致すると、王后はもはや言い逃れはできないと悟ったらしい。自ら大王の前で跪き、これまでの罪を自白した。そして、自身と一族の命をすべて差し出す代わりに、長春の命だけは助けてほしいと嘆願したのである。

大王はそれを聞き入れ、彼女は自害を遂げた。遺体は野に晒され、位牌もなく、御霊《みたま》を弔《とむら》うことさえ禁じられている。父親にも見捨てられた長春は一生、孤独に生きていくしかない。

詳細は少し違うが、結末はまさに、あの天界の事件そのものだった。

千五百年以上も前に天宮で起きた、忌まわしい事件。それが、なぜか人界に下りた自分の目の前で生々しく再現されている。

雨黒燕の転生後の人生は、泰山府君が司命に命じて創らせたものだ。胎崩丹《タイボンダン》事件の闇に葬《ほうむ》られた部分も含め、泰山府君は、当時からすべてを知っていたのだろう。

『そなたは真実を知るべきだからだ』

人界に魔魂を逃がすという荒唐無稽な計画に協力的だったのも、いま思えば紅琰の目で真実を見極めさせようという意図があったように思える。その上で、彼は善悪を裁く神として、紅琰になんらかの役割を担わせようとしている。

『――を止められる者がいるとしたら、そなたしかおらぬだろう』

雨黒燕のことで頭がいっぱいで、深く考えなかったことが悔やまれる。泰山府君は、いったいなにを止めろと言いたかったのだろう？

自分でもどうすればいいのか、わからない。こんなとき、雨黒燕が傍にいれば、一人で抱え込むこともなく、少しは楽になれたのかもしれないが――。

「どうした？　顔色が悪いな」

四本の指の背で頬を撫でられ、紅琰はハッと我に返った。陰鬱《いんうつ》な気持ちが知らぬうちに表情に出てしまっていたらしい。

「大、大殿下」

紅琰は慌てて後退った。最近の彼は妙に距離が近く、ときどき、記憶がないなんて嘘ではないかと疑いたくなるほど雨黒燕と同じ所作をするから心臓に悪い。

「もしかして、気にしているのか？」

「はい？」

「気に病むな。こうなったのは、そなたのせいではない。過ちを犯したのは義母上だ。それは二弟もわかっている」

雨黒燕は、尚薬局で見た事実を証言したことで、紅琰が罪悪感に捕らわれていると勘違いしたらしい。

紅琰はぎこちなく微笑み、そっと視線を先頭の馬車に向けた。

「ありがとうございます。……大殿下は、弟思いでいらっしゃいますね」

王后の血族でただひとり、長春は死刑を免れた。本来であれば、宮殿の奴婢に身分を落とされるはずのところを、雨黒燕が時間をかけて大王を説得したのだ。

親の借金は子が払い、親の罪は子が贖《あがな》う。それがこの国の常識だとしても、長春はまだ五歳にも満たない。母親の暴虐など知るよしもなく、彼もまた被害者といえる、と。

大王は根負けし、兄弟の情に免じて嘆願を受け入れた。

長春は庶民に身分を落とされ、流刑《るけい》となった。都から遠く離れた山の上にある古寺に幽《ゆう》閉《へい》されることが決まっている。おそらく一生、寺の外に出ることは敵うまい。

「血の繋がった弟を、幽閉先に連れて行く兄が、か？」

紅琰は首を振った。

幽閉先の古寺までは道も悪く、往路だけでも半月ほどかかる。罪人が客桟《かくさん》に泊れるはずもなく、野宿するほかはない。盗賊が出る険しい道を通ることもあり、乳母と数人の警備だけでは心もとなかろうと、雨黒燕は護送役を買って出たのだ。

「大殿下が抑止力となるためでしょう？　二殿下もわかっておいでのはず……」

自分たちが額づいてきた王族が罪人に落とされたとき、ここぞとばかりに石を投げ、踏みつけようとする人間は少なくない。それを見越し、雨黒燕は護送を担当する兵を自分の部下と入れ替えた。辺境で軍を率いてきた第一王子が指揮《しき》を取るとなれば、少なくとも道中で長春が心無い扱いを受けることはない。

「義母上には育ててもらった恩がある。弟の面倒を見ることで、少しでも報いられればと思ったのだが……」

あんなに虐げられていたのに――とは、さすがに口には出さなかった。魔族の雨黒燕も、人界の雨黒燕も、魂の本質は変わらない。小月季に対しても、口では罵《ののし》りつつも、結局は優しかった。

「……はたしてこれでよかったのかどうか」

だが奴婢に身を落とされ、宮殿に残ったとしても酷なことに変わりはない。

罪人の子として女官や下級官吏にまで虐げられるのは目に見えている。食うや食わずでこき使われながら、大王や王后の子供が幸せに暮らす姿を日々を見せつけられるのだ。

「大殿下のご判断なら間違いはないと私は思います。いまは、おつらいでしょうが」

宮殿を出るとき、長春は青白い顔で唇を噛み締め、前だけを向いて歩いてきた。ただ門をくぐる前に振り返り、深々と拝礼した。父親への別れの挨拶という意味だけでなく、五年間の育ての恩に対する一礼だったのだろう。幼いながらも決意を秘めた厳しい顔は小月季そっくりで胸が痛んだ。

「そろそろ、時間だ。出発しよう」

雨黒燕に促され、後ろの馬車に向かう。

長春と乳母が乗る先頭の馬車は、見張り役の兵に囲まれている。原則に照らせば、流刑地までの道すがら、長春は晒し物にされるところだった。それを雨黒燕は役人に金を握らせ、馬車に変えさせたらしい。

「紅公公、なにをしている」

乗り込んだ雨黒燕が、御簾《みす》を上げて顔を覗かせる。踏み台を外し、御者台の横に腰を下ろそうとした紅琰は首を傾げた。

「私は徒歩で参ったほうがよろしいですか」

「そうではない。中に入れ。……私の隣に」

コの字型の席の奥に座った雨黒燕が、焦れったそうに言う。

しかし、よく見ると耳の先が真っ赤だ。

――童貞め。

にやけそうになるのを堪え、紅琰はすっとぼけた。

「大殿下と同乗なんて恐れ多い。私めは御者の隣で結構です」

道中は馬に乗るのが普通だが、雨黒燕はもう一台馬車を用意させた。建前《たてまえ》は長旅を見越してだが、本当のところは紅琰を伴うためだ。

(まったく、あからさま過ぎるぞ、燕儿)

ふたりだけならばともかく、皆の手前もある。

だが、童貞は諦めなかった。大きく咳払いし、わざと皆に聞こえるように言ったのだ。

「このところ、古傷がやけに痛んでな。悪化せぬよう、道中に揉んでほしいのだが」

「…………」

――愛妃とともに物見遊山に向かう馬車ならいざ知らず、この狭い馬車の中で男二人、膝を突き合わせて按摩《あんま》だと？

取ってつけたような理由に、紅琰は呆気にとられる。

雨黒燕の着替えを手伝う際、過去の戦で受けた傷痕がいくつかあるのは目にしていた。だが、いまでも痛むなどという話は聞いたことがない。

「紅公公」

急かすように、雨黒燕が片側の席を叩く。駆け引きなど必要ないくらい、わかりやすい男だ。わざとらしい茶番を演じてでも隣に座らせたいらしい。

（私のことが、そんなに好きか、燕儿）

神仙だろうが、人だろうが、魔族だろうが。結局のところ、ふたりは出会い、魂は惹かれ合う。「因縁《いんねん》」とはそういうものなのかもしれない。

数秒押し黙ったのち、紅琰は渋々と頷いて見せた。

「そういうことでしたら」

配置についた兵たちが、そ知らぬ顔をしながら聞き耳を立てているのがわかる。馬車に同乗させるほどの特別扱いを受ける宦官に、みな興味津々だろう。我慢できなくなったのか、兵士の一人が冷やかした。

「大殿下、そちらが噂の仙女ですか？」

件《くだん》の仙女の話は兵士たちの間でも有名らしい。

ギクリとしたが、雨黒燕は笑ってその兵士に言い返した。

「宦官だが私の知音だ。よく気が利くから帯同する。変な想像するんじゃない」

「照れることないじゃないですか」

「馬鹿なことを言ってないで、さっさと出発するぞ」

兵士たちの間に笑いが起きる。王子と部下ではあるが、戦場で生死を共にした者同士、気安い関係のようだ。雨黒燕の飾らない人柄がそうさせるのかもしれない。

馬に鞭《むち》が入り、一行は静かに出発した。


蜀黍の冬の到来は早い。

都を離れてから十日ほどが過ぎ、馬車から見える景色もすっかり物寂しくなった。ずいぶんと陽が短くなり、朝になると霜《しも》が降りていることも珍しくない。

途中、駅館や農村で水や食料などを補給しつつ、一行は順調に目的地へと近づいていた。

「止まれ。この辺りで休憩をとろう」

山裾にある林の前で、ゆっくりと馬車が止まる。

号令を飛ばした雨黒燕は真っ先に地面に飛び降り、先頭の馬車に駆けて行った。御者や兵士たちとなにやら話した後で、戻ってくる。

「もうじき日が暮れる。今夜は、ここで野宿することにしよう」

「御意」

紅琰もすぐに馬車から降り、兵に混じって林の中で薪《まき》を集めた。最初のうちは術を使えないことが不便で仕方なかったのに、いまでは野営で火を起こす作業も慣れたものだ。

火を起こし、食事の用意をしていると、馬車から乳母と長春が降りてくるのが見えた。

ふたりとも白く息を凍らせ、所在なげに寄り添っている。

「二殿下、乳母や殿。こちらで火に当たられませんか」

長春はちらとこちらを見たが、すぐに首を振って背を向けた。

「いや、結構だ」

「でしたら、食事を」

歩き出した長春を追いかけ、紅琰はふたりぶんの焼餅《シャオビン》と羊皮で作られた水筒を差し出した。米が穫れない北の地では、小麦粉を練った麺《ミィエン》が主食となる。傷みにくい携帯食は硬く、おいしいものではないが、それでも貴重な栄養源だ。

黙ったままの長春に代わり、乳母が礼を言って受け取る。

「二殿下、どうぞ。まだ温かいですよ」

「……」

答えない長春に、乳母が重ねて言いかけたときだった。

「二殿……」

「殿下と呼ぶな！　何度言わせる気だ！　私はもう王子ではない！」

耐え兼ねたような叫びに、乳母が凍り付く。長春は涙を零すまいと大きく目を見開き、大きく息を吸って駆け出した。馬車に飛び乗り、勢いよく幕を引いてしまう。

「紅公公、食事はもう済ませたか？　寒いからこれを羽織って……どうした？」

ちょうどそこに、雨黒燕が毛布を抱えて戻ってきた。立ち尽くす紅琰と乳母を見比べる。

「いえ……私が過ちを犯したのです。申し訳ございません」

乳母は一礼し、足早に立ち去った。寒そうに肩を竦め、焼餅を懐に抱える姿が小さく見えて、紅琰はなんとも言えない気分になる。

「待て」

雨黒燕が後を追い、積み荷から下ろしてきた毛布を彼女に押し付けた。

「大丈夫です、馬車の中に一枚ございますから」

「今夜は特に冷える。毛布一枚ではしのげまい。いいから持っていけ」

彼女は何度も頭を下げ、馬車に戻って行った。やれやれといった様子で雨黒燕が戻って来る。

「大殿下、食事はもうお済みですか……阿嚏《ツクシュン》」

急に冷たい風が吹きつけ、くしゃみが出た。雨黒燕がすぐに着ていた毛皮の斗篷を脱ぎ、肩にかけてくれる。

「いけません、大殿下が風邪をひいてしまいます。私は平気ですから」

仮にも神である。修為を減らしているいま、くしゃみくらいは出ても、凍えはしない。返そうとする紅琰を止め、雨黒燕は笑った。

「いくら寒さに強いといっても限度があるだろう。いいから、そなたも馬車に戻って休め」

「とんでもない。殿下こそ、交代まで馬車の中でお休みください」

山には狼などの危険な動物もいる。雨黒燕は夜になると、兵たちと交代で火の番をし、辺りを巡見《じゅんけん》していた。明け方は特に冷え込み、厳しい寒さとの戦いになる。

「昼間の移動時に、そなたの膝を貸してくれればいい」

「山越えで揺れて寝るどころではないと思いますが」

「なら、一緒に寝むか」

「えっ？」

思わず聞き返すと、雨黒燕はばつの悪そうな顔で笑った。

「悪い、そなたに持ってきた毛布を、乳母に渡してしまった。寒さをしのげるものが、もうこれくらいしかなくてな」

長距離を移動するとき、荷はできるだけ軽くするのが鉄則だ。当然、予備の毛布などはない。断ろうとする声に被せて、雨黒燕が畳みかける。

「それに、ひとりより、ふたりで包《くる》まったほうが温かいだろう？」

「…………」

わかっている。こんなときは「お戯れを」と笑い飛ばせばいい。

ともに旅をする中で、この手の誘いはあえて冗談にして避けてきた。雨黒燕は君子だから、ともに笑いこそすれ気を悪くしたりはしない。

だが、雨黒燕の恥ずかしそうな、それでいて切羽《せっぱ》詰まった期待の目を見てしまったいま、いつものように拒絶することができない。

「行こう」

踵を返し、雨黒燕が馬車の方へと歩き出す。

三歩遅れて、紅琰は従った。

口八丁手八丁の百華王が、ただの一言も発せないまま。

「せめて寝転がれるような広さがあればよかったんだが」

先に馬車の中に入った雨黒燕が、奥の席から手招きする。雲が切れているときは、月明かりが薄く差し込み、真っ暗闇というほどではない。

紅琰は躊躇いがちに、少し空けて隣に座った。戯れも口先だけで、道中は互いに節度をわきまえているから、狭いながらも身体が触れ合うことはない。

「遠慮するな、もっと寄り添わないと寒いぞ」

距離を詰められ、ぴったりと身体の側面がくっついた。

衣越しに伝わる硬い筋肉の感触に、鼓動が跳ね上がる。ちらと横を見ると、雨黒燕も少し顔が赤い。寒さをしのぐという理由をつけ、表面上は平静を保ちながら、一枚の斗篷の下でひっそりと体温を分かち合う。

「帰りは客桟に泊ろう。往路だけは我慢してくれ」

「十分ですよ」

傍らに剣を立てかけると、雨黒燕は腕を組んで目を閉じた。横になるより、座ったまま眠ったほうがなにかあったときにもすぐ動ける。ふいに見せる軍人らしい振る舞いと、貴公子然とした容貌の差に、心悸《しんき》が抑えられない。

（……こちらの気も知らないで……）

暗闇に慣れた目で寝顔を眺め、紅琰は心の中で溜息をついた。

雨黒燕であって、雨黒燕ではない人間。

わかっているのに、気づけば面影を重ねるどころか同一視している自分がいる。

せめて相手にその気がなければ諦めがつくのに、いまだって宦官には「ない」はずのものが反応しそうで、意識しないように気を遣うほどだ。

紅琰は目を閉じ、薄い壁に頭を凭せ掛けた。火を囲む兵士たちの話し声や、風の鳴る音に意識を向ける。

外は寒いが、ここは温かい。

雨黒燕の体温が高いせいか、それとも熱を持て余しているせいか。

「！」

ふいに肩が重くなり、紅琰は目蓋を開けた。

雨黒燕が、紅琰の肩に頭を預ける形で凭れていた。身体がより密着し、鼓動が一気に加速する。心臓の音が相手に聞こえてしまいそうで紅琰は慌てた。

「眠れないのか、紅公公」

目を閉じたまま、雨黒燕が囁く。もしかしたら、ずっと起きていたのだろうか。

「すみません、大殿下……あまり、くっつかれますと……」

「におうか?」

紅琰は慌てて否定した。

風呂もろくに入れない長旅だが、汗をかくような季節ではない。

むしろ、雨黒燕の匂いに劣情《れつじょう》を掻き立てられて困る……なんて言えるはずはない。

斗篷に包まったまま、雨黒燕が身じろいだ。より顔が近づく。

「そなたはいつもいい匂いがするな。どこか、懐かしい……牡丹のような」

「!」

首筋に鼻を埋め、すぅっと嗅がれた。いつも閨の中でされる戯れに、首筋が熱くなる。

去勢された男にあるまじき、官能的な牡の香り。

——まずい。

暗がりの中、逃げようとしてよろめき、どこかに頭をぶつける。鈍い音とともに冠が吹っ飛び、紅琰は床に座り込んだ。

「疼《ッ》ッ」

「大丈夫か?」

痛みよりも、醜態《しゅうたい》を晒した羞恥《しゅうち》のほうが大きい。額を押さえながら顔を上げると、倒れ込んだ場所はよりによって雨黒燕の足の間だった。慌てて畏まる。

「大殿下、非礼をお許しくださ……」

「怪我はないか」

つと伸びてきた手に、はらりとかかった前髪を掻き上げられる。まるで電流が走ったように、紅琰はびくりと肩を震わせた。

かがんだ雨黒燕の顔がゆっくりと近づいてくる。早く離れなければと思うほどに身体は自由を失って、鼓動だけが速くなる。

打ち付けた額に、硬い指先が優しく触れた。

「そなた……」

目の前に雨黒燕の顔がある。身じろげば触れそうな距離だ。ただ、端整な顔に浮かんでいたのは、予想外の表情だった。紅琰と同じくらい、あるいはそれ以上の驚きと、疑惑を含んだ声色に、なにかを勘付かれたのだと察知した。

「そなたの、首の痣……以前にも……」

額を撫でた指が耳の裏に回る。項に浮かんだ赤い牡丹の痣に触れられ、ビクッとした。

「……っ!?」

項をそのまま引き寄せられる。吐息とともに、柔らかな感触が唇に触れた。思わず突き放そうとした手を逆に掴まれ、さらに唇を押し付けられる。歯列の間から深く舌を押し込まれ、紅琰は思わず声を上げた。

「大殿、っ……ぁっ」

舌を絡めとられ、言葉にならない。舌先で歯列をなぞり、逃げる舌を吸い上げられる。舌先で敏感な上顎をくすぐられ、思わず肩を竦めてしまう。

「あ、っそこ、は……っ」

清童らしからぬ、腰が抜けるような口接けだった。

甘い唾液を流し込まれ、紅琰の喉仏《のどぼとけ》が大きく上下する。角度を変えるたびに吐息が漏れ、快感に涙が浮かぶ。

——どうして……!?

女を知らないはずの若造に、どうしてこんな舌遣いができるのか。わざと濡れ音を立てる舌遣いで辱め、欲を煽り、口の中のどこをどうすれば感じるのか、知り尽くしたような——まるで紅琰のすべてを知っているかのような、この接吻には覚えがある。

「っあ……！」

力の抜けた身体を、床に押し倒された。首筋に顔を埋めた雨黒燕を引きはがそうと肩を掴む。

「いけません、大殿下……っ」

「紅琰」

紅琰は動きを止め、瞠目《どうもく》した。

――いま、なんと呼んだ？

紅公でもなく、紅雪塔でもない。

「紅琰」

顔の両脇に手を突き、雨黒燕がゆっくりと身体を離した。見下ろす彼の顔は、いつもの彼であって彼ではない。紅琰は言葉を失い、端整な顔を穴が開くほど見つめた。

「どうした、紅琰。私の名を忘れたか？」

武骨な指の背が頬を撫でる。

これは夢だろうか。歴劫の最中に、記憶が戻ったという話は聞いたことがない。もしや、彼が天族ではなく、魔族だから例外だとでもいうのだろうか？

「雨……黒、燕」

手を伸ばし、微笑む雨黒燕の頬に触れる。ざらついた髭や、うっすらと残る戦傷の痕に、彼が間違いなく人間であることを再認識させられる。

「……私の、燕儿……」

紅炎の背中が浮き上がり、強く抱き締められる。紅炎もまた雨黒燕の背中に腕を回し、強く抱き締めた。耳元に、感じ入ったような声が吹き込まれる。

「……見つけた……」

互いを確認するように、再び唇を重ねる。

起き上がった紅琰は、座席に座った雨黒燕の膝に横向きに乗せられ、広い胸に肩を凭せ掛けた。

「燕儿、いつ記憶が戻った？　ぜんぶ覚えているのか……？」

「ああ。はっきりと思い出したのは牡丹の痣と接吻の感触で、だな」

――道理で清童らしからぬ、ねちっこい接吻をすると思った。

紅琰の顔をしげしげと眺め、雨黒燕はさらに付け加える。

「それにしても、今回は宦官か。紅琰はなにを着ても似合うが、うまく化けたものだ」

冬柏と同じことを言うかと思いきや、夫君は痘痕《あばた》も靨《えくぼ》らしい。

紅琰は小さく笑い、すぐに真顔になった。

「燕儿、そなたが人界に下りてから、状況は変わっている。長くなるが、聞いてくれるか」

そう前置きし、紅琰は元に戻った月季の証言で雨黒燕の冤罪は晴れたこと、そしていまに至るまでの経緯と、人界で経験した胎崩丹《タイボンダン》事件の再現の件《くだり》を、すべて打ち明けた。

最後に、雨黒燕の魔魂が抜け出る瞬間を狙われるかもしれないことも。

「そんなことがあったのか……」

天界と魔界は長く断絶していた。当然ながら、親の世代で起きた天界の大事件を雨黒燕は知らない。しかも自分の転生した場所で当時の事件が再現されていたと知って、ただ驚くばかりだった。

「泰山府君が協力してくれたのはありがたいが……彼の真意が気になるな」

「ただの親切でないことは確かだ。いずれにせよ、歴劫が終わるまでに答えは出るだろう」

滅多に泰山から出てこない彼と、腹を割って話したのは今回が初めてだった。血も涙もない冥府の王として有名な泰山府君だが、実際は正法の神としてきちんと責任を果たそうとしていたように思える。

「母君のことは意外だったが、あまり思い詰めるな。魔王宮に後宮はないし、この先も紅琰以外に妻を娶ることはない。その手の苦労はさせないから安心してくれ」

「それはありがたいが、……その手はなんだ、燕儿」

「うん？　ああ……つい手癖が出てしまった」

雨黒燕が悪びれない様子で、たったいま外した紅琰の胴締を床に放った。衣の合わせをかいくぐり、冷えた手が忍び込んでくる。

「つい、じゃない、……っぁ！」

肌をまさぐる悪戯《いたずら》な手を掴み、紅琰は押し殺した声で窘めた。

「雨黒燕……！」

「牡丹が色づいてるぞ」

慌てて項の痣を手で隠したが、もう遅い。雨黒燕がにやりと笑い、その手を外させる。

「あまり騒ぐと、外の兵士に知られてしまうぞ」

手の甲に唇が当たるのを感じながら、紅琰は御簾越しに外を窺った。幸い、火を囲む兵士たちは酒を飲みながら話に夢中で、馬車の中にまで気を配る様子はない。

「宦官の身でありながら、立派な宝があるとバレたらどうする」

「っ……」

官服の上から乳首を探り当てられ、指の腹で擦られる。太腿の辺りに雨黒燕の硬いモノが当たるのを感じ、さらに体温が上がるのを感じた。

——このままでは、流される。

「……おい、……っ⁉」

雨黒燕の肩を突き放し、膝から滑るように床に下りる。開いた脚の間に膝をつき、紅琰はうっすらと笑みを浮かべて顔を上げた。長い指の背で太腿の内側を撫でながら囁く。

「いいだろう。そなたが部下たちの前で恥をかかぬよう、私が導いてやる」

「紅琰……！」

紅琰は抗議する雨黒燕の上衣の裾を捲り上げ、股の間に頭を突っ込んだ。この体勢なら衣の下でなにをしようと雨黒燕からは見えない。紅琰は内衣を突き上げる雄の根元を掴むと、布越しに先端部分を口に含んだ。軽く歯を立てると、雨黒燕のモノがビクンと脈打つ。

「こ、この身体は、まだ清童だからな。それも二十歳やそこらの」

言い訳じみたことを言わなくても、こちらは先刻承知している。

股間に顔を埋めたまま、紅琰は喉の奥で笑った。片手を太腿に掛け、より深く身体を入れる。先端部分に唇をつけ、音を立てて啜り込むと性液がどっと溢れた。

雨黒燕が上擦った声を漏らし、もどかし気に腰を突き出してくる。愛撫に慣れない男の初々しい反応に、紅琰の下腹部もざわめき出す。

（ああ、駄目だ……）

片手で雨黒燕の下衣の帯を解きながら、紅琰はもう片方の手を自身の衣の中に忍び込ませた。弾み出てきた相手のモノを片手で扱きながら、熱くなった自分自身を握り込む。

「っあ、紅琰、紅琰……っ」

「っ……もっと、気持ちよくしてやる……」

腹につくほどの角度でそそり立つ雨黒燕のモノを口に含み、舐め上げる。頭上から降ってくる荒い息遣いをもっと聞きたくてたまらない。雨黒燕であって雨黒燕ではない男の味に興奮してか、手の中で自分自身がいっそう硬くなる。微かに響くいやらしい水音は、どちらが立てているのかわからない。

「ぁ？」

ふいに頭にかかっていた布がなくなった。夢中で口淫を施していた紅琰は、驚いて顔を上げる。雨黒燕の欲に濡れた目が自身のふしだらな姿を映していた。

「顔が見たい、と思ったんだが……そなたの自涜《じとく》まで見られるとはな」

「これは、その」

さすがの紅琰も自涜を見つかった経験はない。顔を赤くし、しどろもどろになる紅琰に、雨黒燕がことさら優しく囁いた。

「そのまま続けろ」

紅琰は雨黒燕を見上げたまま、しとどに濡れた唇を舐めた。身を乗り出し、男の股間に顔を埋める。そして再び口内に男を迎え入れた。

「んン……ッ」

項に咲く牡丹の痣が、焼けるように熱い。

視線を感じながら、上下に首を振り始める。頬を窄め、きつく吸い上げると舌に感じる先走りの味が濃くなった。さして長くはもたないだろう。

「ふ……っ、ふ……っ」

速度を上げると、つられたように自身を慰める手の動きも早くなる。喉奥に深く雄を含んだまま、紅琰はとろみを飲み下した。嚥下する動きとともに締めつけられた雨黒燕が、口の中で大きく跳ねる。

「ぁ、出る、……っ」

低い呻きとともに、喉にドロッとしたものが流れ込んでくる。すべて口の中で受け止めながら、紅琰もまた手の中に欲望を吐き出した。快感に涙を滲ませ、むせかえるほどの雄の匂いに陶然としながら腰を震わせる。

「——っぁ、は……っ」

吐き出された白濁をすべて飲み込み、紅琰は床に座り込んだ。

ただ、互いの激しい息遣いだけが響いている。どうにか後始末し、使った手巾を袖に押し込んだときだった。ふいに雨黒燕が身を起こし、いまだ立ち上がれないでいる紅琰を抱き上げた。

「紅琰」

再び膝に乗せられる。腰に回された不埒な手を、紅琰は軽く叩いた。

「駄目だ」

「どうして」

若者の激しい欲望が、一度や二度で収まるわけがないのはわかっている。——だが。

「その肉体は、そなたのものではない」

未練がましい表情をしていた雨黒燕は、その言葉でようやく諦めたようだ。

「わかった。この続きは、元の身体に戻ってからの楽しみに取っておくとしよう」

残念そうにしながらも、おとなしく引き下がった。それでも紅琰の手は離さない。

「指環はどうした？」

その言葉で天牢でのやりとりを思い出し、紅琰は袖から指環を取り出した。

「すまない。新人宦官の指に嵌めるには不相応の品だと思って外していたんだ」

雨黒燕に渡すと、ホッとしたように紅琰の薬指に嵌めてくれる。

牢で嵌めたときには気づかなかったが、紅琰の指には少し緩い。だが根元まで嵌めると指環は自ら縮まり、指にぴったりと納まった。

「説明する暇がなかったが、これは魔王家に伝わるお守りのようなものなんだ。翻新指《ファンシン》環といって、名前の通り、再生の法具だと聞いている。使えるのは一度きりだが」

宝器でも、夫婦関係でも、壊れたものがなんであれ、一度だけ修復できるという。雨黒燕は父王に頼み込み、王位継承を待たずに譲り受けたらしい。

「魔王家に伝わる宝器なら、魔力で発動するものだろう？　私が持っていては、宝の持ち腐れになってしまう。そなたがつけていた方が……」

「一緒にいる時間が長いから、どちらが嵌めていようと変わらないだろう？　どうせ、いまの俺には使えないしな。だから、紅琰に持っていてほしい」

雨黒燕の真剣な顔を見ているうちに、ふと、牢で聞いた言葉が思い出された。

『子供が生まれたときに、そなたに贈ろうと思っていた』

雨黒燕が紅琰を信じていたのは本当だろう。

だが、万が一という可能性も零ではなかった。考えたくはないが、魔魂が戻れなかったそのときは、この指環が次世に受け継ぐ形見にもなる。

「ありがとう。大切にする」

紅琰は微笑み、雨黒燕の唇に接吻をした。

彼の表情が和らぎ、紅琰を安心させるように言い添える。

「心配ない、ただのお守りだ。紅琰が死ぬことはない。俺は約束を守る男だ」

「ああ、信じている」

見つめ合い、どちらからともなくまた口接ける。このままでは止まれなくなってしまいそうで、紅琰はもぎ取るように身体を離した。はぁ、と息をつく傍らで、雨黒燕がちらと外の様子を窺う。

「そろそろ、交代の時間だな。そなたはここで寝め」

「あ……ならば私も一緒に行こう」

外は寒い。

床に下り、斗篷を肩にかけてやろうとする紅琰の手を、雨黒燕はそっと押し戻した。

「察しろ。いまの紅琰を誰にも見せたくない」

「！」

紅潮《こうちょう》した頬に軽く接吻をすると、雨黒燕は剣を手に馬車を降りて行った。

ひとり残された紅琰は、深々と息を吐いて座席に座った。斗篷を抱き締め、雨黒燕の匂いに包まれながら、きらめく指環に視線を落とした。

「約束を守る男、か」

凡の人間として生を受けても、再び出会った紅琰を愛した。消された記憶さえ取り戻すほど、彼の愛は強い。

——ならば私も、想いに応えねばな。

幸せな未来のためにも、雨黒燕を必ずや無事に連れ帰る。

決意を新たに、指環にそっと口接ける。

翌日から、一行は山に入った。

人の往来も稀《まれ》な険しい山は道が悪く、馬車はガタガタと揺れる。長春は車酔いに悩まされ、休憩を挟みながら進むことになった。当然ながら、進む速度は落ちる。

「水をどうぞ」

道端で嘔吐《えづ》く長春の背を擦る乳母に、紅琰が水筒を差し出す。乳母が礼を言って受け取り、長春に飲ませようとしたが、彼は首を振って拒んだ。

「貴重な水を吐いてしまったら、皆に悪い……。他の者に分け与えよ」

乳母が涙をこらえながら、長春の肩や背を擦る。ここ数日は、食事も水も摂れていないようだ。脱水状態が続けば、幼い長春は身体が持たない。

「二弟、飲むんだ」

頭上から伸びた手が水筒をひょいと取り上げる。見れば、雨黒燕が椀に水を注いでいた。

「ろくに食べていないだろう。水くらい飲まねば吐けずに苦しいだけだ」

「そうですよ、長春様。気になさらずにお飲みください」

「………………」

長春がのろのろと青い顔を上げ、虚ろな目で雨黒燕を見る。ひび割れた唇に、強引に椀の縁を押し当てられると、諦めたように呑み込んだ。すぐに咳き込み、嘔吐《おうと》する。それでも何度か口に含むうちに、少しずつ落ち着いてきた。

「いい子だ。馬車で少し横になれ。落ち着いたら出発しよう」

雨黒燕が微笑み、長春の腕を取って立ち上がらせる。極限状態にあっても、義兄の言うことは素直に聞くようだ。それだけ信頼を寄せているのだろう。

よろよろと馬車に向かう長春たちを雨黒燕は心配そうに見送っている。彼の隣で、紅琰は空を見上げた。ふたりきりになったのを機に、口調を変える。

「嫌な雲だな。いまにも雪が降りそうだ」

雨黒燕も頷き、同じように空を仰いだ。

「二弟たちの体力が心配だ」

標高が高くなるほど気温も下がる。乳母も長春も、このように過酷な旅は経験がない。雨黒燕が差し入れた毛皮のお陰でどうにか夜をしのげているが、そろそろ限界だろう。

「夏の間に護送できれば、こんなことにはならなかったのだが」

花妃の立后の日に長春が宮殿を追われたことは、なにも偶然ではない。長春のためにあえて怒りを口にした彼に、ずっと気になっていたことを聞いてみる。

「長春のことは可愛いのだな。小月季《兄上》とそっくりなのに、どういう差なんだ？」

「それはっ……」

雨黒燕が気まずそうに顔を赤くする。

「長春とあいつは別人だろう。見た目がそっくりな点は正直、複雑だが、紅琰を取り合う関係ではないし、俺のことも兄として慕ってくれてて、か、……可愛いじゃないか」

なるほど、と紅琰は口端を上げた。長春は雨黒燕にとって初めての「弟」なのだ。

「そなたは男兄弟がいなかったのだったな。どうだ？　初めて弟を持った気分は」

照れながらも、雨黒燕はしばらく考えた後で口を開いた。

「……守ってやらねば、と思う。それに、王家での俺の立場は、昔の月季に少しだけ似ているからな。長春を二弟と呼ぶうちに、天界で彼がどんな気持ちを味わってきたのか、少し、ほんの少しだが、わかるような気がしてきた」

紅琰は驚いて、まじまじと雨黒燕の顔を見つめる。雨黒燕がこの歴劫で得るものはなにもないと思っていたが、そうでもないようだ。

「な、なんだ紅琰、なにか顔についてるか」

「いや……。人界でのそなたの家族が、胎崩丹《タイボンダン》事件を再現する舞台上の疑似家族だと知ったいまも、接する態度は変わらないのだな、と」

「当然だろう」

雨黒燕は笑い、再び鈍色の空に視線を向けた。

侠気《おとこぎ》に溢れたその横顔を見つめながら、紅琰は速まる鼓動を持て余す。この男は、いったいどれだけ自分を惚れさせれば気がすむのだろう。

ひゅう、と風が吹き、後れ毛が頬に張り付いた。気づいた雨黒燕が手を伸ばし、指先で退けてくれる。ふとしたときの自然な所作が、魔界での日常を思い出させた。

「風が出てきたな。戻ろう」

斗篷の裾を翻し、雨黒燕は踵を返した。彼の後について、紅琰もまた歩き出す。

「今夜は、火を絶やさないようにしないと」

呟きとともに、白く凍った息が風で流れる。

谷を渡る風に混じり、遠くから狼の遠吠えが聞こえた。

長い夜が明け、一行は、雪の気配に追い立てられるように先を急いだ。

吹き付ける風は強く、馬車の中にいても吐く息が凍る。夜を徹して火の番をした雨黒燕は剣を抱き、座ったまま寝んでいた。

狼たちの声は聞こえても姿は見えず、ついてきているのかさえわからない。明るいうちに峠を越えようと、中腹の崖に差し掛かったときだった。

「！」

雨黒燕が閉じていた目蓋を開ける。ほぼ同時に先方から馬のいななきと、兵の叫び声が聞こえた。反射的に剣を抜きながら立ち上がる。

「何事だ！」

撥ね上げた御簾の向こうで、兵が血飛沫を上げて倒れるのが見えた。曇天《どんてん》の下、血に塗れた刃が鈍く光る。狼ではない。

――匪賊《ひぞく》……！

次の瞬間、紅琰は飛び出そうとする雨黒燕の背中に飛びついた。

「伏せろ！」

覆い被さると同時に、射かけられた矢が御者の額を貫いた。驚いた馬が棒立ちになり、やみくもに走り始める。ふたりの乗った馬車は制御を失い、道を逸れたところで激しい衝撃とともに崖の側面に当たって止まった。

「紅琰！　しっかりしろ！」

抱き起こされ、紅琰は目蓋を開けた。

額から血を流した雨黒燕の必死な顔が目に飛び込んでくる。

「……燕儿こそ……」

「大事ない」

馬は斃れたものの、馬車はかろうじて転落を免れたらしい。だが崖にぶつかった衝撃で骨組みは歪み、車軸は折れていた。

人の運命に手出ししてはいけないとわかっている。それでも向かってくる矢を見た瞬間、咄嗟に身体が動いてしまった。考える暇もなく、気づけば凡の人間である雨黒燕を護るために身を投げ出していたのだ。

「きゃあああっ！」

乳母の悲鳴が響き渡り、雨黒燕はハッと振り返った。筋骨隆々の身体に獣の毛皮を纏い、血まみれの蛮刀を振りかざした男たちが前の馬車に襲いかかろうとしている。

「おのれ、匪賊め！」

短く罵りながら雨黒燕は剣を掴んだ。

「そなたはここにいろ。絶対に出てくるな」

「燕儿、行……っ」

行くな、行ったら死んでしまう。

喉まで出かかった言葉を、紅琰は飲み込んだ。

――今日、なのか。

雨黒燕の人生は禄名簿に記された通りに進み、死で終わりを迎える。今日が「その日」だとしてもおかしくない。

紅琰は奥歯を噛み締め、もの言いたげに雨黒燕を見つめた。

人としての死を受け入れ、役割を全うすることこそ自分の責務だとわかっている。

それなのに、死んでほしくない。愛する者が目の前で死んでいくところを見たくない。

そんな風に思ってしまう。

「安心しろ。すぐに蹴散らしてやる」

「でも……っ」

「俺が今日ここで死ぬとしても、長春はまだ生きられる」

「‼」

瞠目する紅琰に微笑みかけ、雨黒燕は外に躍り出た。剣を手に、匪賊たちの中に飛び込んでいく。その背中に、運命を受け入れる覚悟と、一縷の望みを見た気がした。

——私も……行かなければ。

雨黒燕の魔魂を、本来の肉体まで連れて帰る。

情けない自分を叱咤し、紅琰は這うようにして馬車の外に出た。暴走の衝撃でどこかにひっかけたのか、官服は裂け、髪は乱れて冠もどこかに飛ばされてしまっている。我ながらひどい格好だと呆れたが、外の状況はそれ以上に悲惨だった。

峠の路は狭く、突然現れた匪賊の襲撃によって兵は次々と斃されていく。賊の手にかかり、崖から転落していく兵の断末魔が谷間に響き渡る。目を背けたくなるほどの惨劇の中、乳母の叫びが耳をつんざいた。

「だれか！　助けて！　助けて！」

見れば、馬車から引き摺り出された乳母が、髭面《ひげづら》の男に髪を鷲掴みにされもがいている。雨黒燕が賊を切り伏せながら救出に向かっていたが、間に合いそうにない。

「二弟！　逃げろ！」

叫びも虚しく、馬車の中に踏み込んだ若い男が長春を引き摺り出した。髭面の手を振り切った乳母が、必死の形相で若い男に飛びついて腕に噛みつく。

「いってぇ！　このクソババァ！」

男が短く罵り、乳母を蹴飛ばした。地面に転がった彼女に蛮刀を振りかざす。

紅琰は思わず、花苞笄に手を伸ばしたが——。

「長春様、お逃げくださ……っ」

「阿姨《ばあや》！」

乳母の首から血飛沫が上がるのと、長春の絶叫とは同時だった。絶命した乳母の遺体はボロ雑巾のように崖から投げ捨てられる。

——自分がここにいる理由を思い出せ。

紅琰は唇を噛み、震える手を下ろした。まだ、力を使うときではない。

「紅公公！　二弟を連れて逃げろ！」

雨黒燕の声に、弾かれたように顔を上げる。

手勢はもう、残っていない。

茫然としている長春を、雨黒燕が小脇に抱えるのが見えた。乳母を殺した男を切り伏せ、血に塗れた姿で猛然と駆けてくる。背後から追いかけ、襲いかかってきた賊を振り返りざま蹴り倒すと、雨黒燕は大声で叫んだ。

「走れ！」

地面に下ろされ、背中を強く押された長春がつんのめる。二歩、三歩と進み、しかしすぐに歩みが止まった。瞬きもせず、殺してくれと言わんばかりの表情で立ち尽くしている。

『俺が今日ここで死ぬとしても、長春はまだ生きられる』

紅琰はすぐ傍に倒れていた兵士の手から剣を奪い、駆け出した。敵味方の血に塗れた長春の手を掴み、引き摺るようにしてその場を離れる。石ころだらけの山道を走りながら、紅琰は背後を振り返った。

雨黒燕が、執拗《しつよう》に追いかけてくる匪賊たちの前に立ちはだかり、剣で応戦している。

——おかしい。

ふと、違和感を覚える。

匪賊のくせに、食料や金を強奪するわけでもなく、売れば金になるはずの女を真っ先に殺した。護衛を全滅させたいまもなお雨黒燕に刃を向け、宦官と幼い子供を執拗に追いかけてくる。

(ただの盗賊《ものとり》ではない……?)

狙いは長春——いや、王族二人を始末する目的で放たれた刺客だ。

ガキン、という重い音がした。嫌な予感がして振り返る。

雨黒燕が折れた剣を握り締め、地面に片膝をついていた。最後に残った賊の一味が、まるで死刑執行人のように蛮刀を振りかざしている。

「燕……っ」

「あにうえ!」

紅琰の声を、長春の叫びが掻き消した。

身体を反転させた長春が、雨黒燕に向かって駆けだした。慌てて握った手に力を込めたが、指が血で滑って呆気なく抜けてしまう。

引き留める暇《いとま》もなかった。

両手を広げ、雨黒燕の前に躍り出た長春を、蛮刀が切り裂く。おびただしい量の鮮血が迸り、瞠目した雨黒燕に降りかかる。

「二弟――‼」

叫ぶ雨黒燕に、容赦なく男が切りかかった。

紅琰が咄嗟に持っていた剣を投げる。男は振り向きざま、鋭く飛んで来た剣を一撃で薙ぎ払った。

「妃かと思えば、宦官か。その顔……売ったら高値だろうに、惜しいな」

賊の男が下卑た笑みが浮かべて紅琰を見る。雨黒燕から男の注意を逸らそうと、紅琰はわざと挑発した。

「なにが惜しい」

「殺さなくちゃいけないからさ。だれひとり生きて帰すなという命令でね」

ぴくりと雨黒燕が反応した。乱れ落ちた前髪の隙間から、昏く光る瞳が見える。

「……だれの命令だ」

「やんごとなきお方だよ。やり遂げたらたんまり金を貰える。ま、ここで死ぬおまえらには関係ない話さ」

どうせ殺すのだからと言わんばかりに男は饒舌《じょうぜつ》だった。仲間を全員殺され、生き残った自分が報酬を独り占めできると浮かれているのかもしれない。

「なるほどな……」

雨黒燕は低く呟き、長春の遺体を地面に寝かせた。血で汚れた幼い顔を袖で拭い、折れた剣を手に立ち上がる。

やはり、彼らはただの匪賊ではなく、雇われた刺客だった。

黒幕の名など、わざわざ聞くまでもない。

長春と雨黒燕が消え、最後に笑う者といえば、花妃しかいないのだから。

「そういうわけで、ふたりともおとなしく死んでくれ！」

再び、凶刃が振り上げられる。

「雨黒燕――‼」

目の前で、首から血を吹き上げながら、兇手が後ろ向きに倒れていく。同時に、雨黒燕の手から、折れた剣が滑り落ちた。

――わずかに残った刃で、男の喉を掻き切ったのか。

ゆっくりと雨黒燕が振り返った。ひどく青ざめた顔で、なにか言おうとする。

血の気を失った唇が動く前に、ぐらりと身体が傾いだ。

「雨黒燕！」

駆け寄り、雨黒燕の身体を抱き留める。

兇手の蛮刀が、雨黒燕の胸を刺し貫いていた。

「雨黒燕、目を開けてくれ、雨黒燕……っ」

膝の上に愛しい男を抱き抱え、頬を叩く。

目蓋が震え、雨黒燕はうっすらと目を開けた。

「紅琰……無事、か……？」

勝手に涙が溢れてくる。彼を抱く腕に力を込め、紅琰は頷いた。

「大事ない」

雨黒燕が血の付いた手を伸ばした。紅琰の頬に触れ、うっすら微笑む。

「なんとなく、ここで死ぬ気がしてな……でも、長春の仇を取らずには、帰れないだろう……？」

濁った咳とともに、雨黒燕が血を吐いた。もう、すぐそこまで死が迫っている。

「ああ、ああ、そうだな。無力な人の身であろうと、そなたは死に様まで美しい」

雨黒燕の背を擦りながら、紅琰もまた震えが止まらなかった。

苦しみに満ちた人生は終わり、魂は本来あるべき場所に還る。

すべてを元通りにするための、予定調和の死だ。

悲しむことではない。むしろ、無事に歴劫が終わることを喜ぶべきだ。

それなのに――さっきから胸が騒いでたまらない。

「……泣くな、紅琰。またすぐに、会えるだろう……？」

紅琰の目に浮かんだ涙を、雨黒燕の指先が拭う。濃厚な血の匂いが、紅琰に天牢での別れを思い出させた。離れていこうとする手を掴み、自分の頬に押し当てる。

「ああ。なにも心配することはない。すべて元通りになる。魔魂がそなたの身体に戻ったら、魔界に帰ってゆっくり過ごそう。しばらくは……」

ふと、視界を白いものが過った。雨黒燕の視線を追って、紅琰もまた空を見上げる。まるで梅の花びらのような、初雪が舞い始めていた。

「哇《ゴフッ》」

吐き出された血で、胸のあたりが真っ赤に染まる。口端から血を滴らせながら、雨黒燕は微かに笑んだ。

「……さぁ、連れて帰ってくれ……」

目蓋が閉じ、握っていた手から力が抜ける。抱いていた身体が重くなる。

こと切れた雨黒燕を、紅琰は強く抱きしめた。初雪が舞う中、ひとの身体は急速に体温を失っていく。

もう聞こえないとわかっていながら、紅琰は涙交じりに囁いた。

「ああ、燕儿……一緒に帰ろう……」

抱き締めた骸《むくろ》から、魔魂が抜け出る。

黒紫色に揺らめく光の玉は、魚のように尾を引きながら宙を泳ぎ、紅琰が差し出した手におとなしく乗った。大きさは掌ほどで、凄まじいほどの魔力が感じられる。

紅琰がもう片方の手を軽く振ると、宦官の姿から一瞬で本来の姿へと戻った。紅白を重ねた衣の左袖に魔魂を入れ、小さな結界の中に閉じ込める。

鈍色の空を仰ぎながら、紅琰は髪から花苞笄を抜き取った。

――やはりな……。

突如、灰色の雲の切れ間で、なにかがきらりと光った。まるで、この瞬間を狙っていたかのように、雲を突き抜け、まっすぐにここに向かって飛んでくるものがある。

「……神槍か」

金色に輝く鋭い光は、太古の昔、魔族の始祖となった邪神を天界から追放するときに用いられたとされる三尖両刃刀《さんせんりょうじんとう》だった。

歴代の戦神が霊力を注いで鍛えてきたその槍は厳重に保管され、持ち出すことすら難しい。そのようなものをなりふり構わず用いるほど、雨黒燕に強い殺意を抱いているということだろう。

「すまない、燕儿。母はもう正気ではないようだ。少しの間、我慢してくれ」

紅琰は挑むように空を睨み、花苞笄を剣に変えた。牡丹の花蕾を模した笄が、一瞬で白銀に輝く美しい剣となって手に納まる。

魔魂を護るように左腕を引き、紅琰は花苞剣に霊力を込めた。

「ぐっ……」

神槍を受け止めた瞬間、天雷を受けたかのような光と衝撃が紅琰を襲った。

雪まじりの粉塵が竜巻で舞い上がり、解けた髪や衣の裾が乱れ舞う。内臓が圧し潰され、肩や腕の筋骨が砕けていく音が聞こえるようだ。

袖の内側で、雨黒燕の魔魂が暴れている。

「燕儿……私を信じろ……！」

わかっている。花苞剣がどれほど素晴らしい法具であろうとも、神槍には及ばない。霊力を削られ、消耗した身体がじりじりと圧されていく。刹那、亀裂が走った花苞剣の刃に映り込んだ母の幻影に、紅琰は叫んだ。

「母上……あなたの好きにはさせない……っ」

唐突に、泰山府君の声が耳に蘇《よみがえ》る。

『――を止められる者がいるとしたら、そなたしかおらぬだろう』

『我ら天族が致身致命とすべきは三千世界の平安を保つこと』

食い縛った口端から一筋の血が伝い落ちる。口許に、苦笑じみた笑みが微かに浮かぶ。

「――やってくれたな、泰山府君……」

天后の暴走を止められるのは、たしかに彼女が溺愛する息子《自分》しかいない。紅琰が自身の命を懸け、母后の権謀策略を阻止し、心と行いを改めさせることこそ、泰山府君が歴劫に協力した理由であり、対価なのだ。

激しい痛苦に耐えながら、紅琰は目いっぱいの霊力を込めて神槍を圧し返した。

轟《ドオン》――!!

神気と神気がぶつかり合い、凄まじい光の爆発が起きた。遺体や馬車などがすべて吹き飛び、衣の裾が肌に張り付く。

しばらくして爆風と光が引いていった。血溜まりの中に片膝をついた紅琰と、折れた花苞笄が姿を現す。千切れ飛んだ右腕の付け根を押さえ、紅琰は細く息をついた。

結界が解けると同時に、袖から魔魂がふわりと飛び出してくる。心配するように点滅する魔魂を見つめ、紅琰は激痛に耐えながら笑ってみせた。

「天界の面倒ごとに巻き込んでしまって……すまない」

かろうじて生き残れたのは、百華仙子が戦神ではなく花神だったからだ。神槍が真の力を発揮していたら、雨黒燕を連れて帰ることはできなかったに違いない。

紅琰はふらりと立ち上がり、残った左手で笄を拾い上げた。さすがは魔王家に伝わる法器、指環は傷ひとつない。黒紫の光を放つ魔魂を胸に抱く。

「燕儿、帰ろう……今度こそ」

紅琰は目蓋を閉じ、わずかに残る霊力を全身に行き渡らせた。金色に眩く光る幾千もの牡丹の花びらが宙に現れ、つむじ風のように紅琰を包み込む。

早く戻らないと、もうもちそうにない。

花びらの嵐は天空へと舞い上がり、やがて雲の切れ間へと姿を消した。

【第三篇】

――天界。


白玉の柱が長く連なる接見の間に、カツーンカツーンという足音が反響する。

ここ蘭鳳宮は天后の居処であり、後宮でももっとも格式高い宮殿だった。天后は豪華な肘掛椅子に凭れ、花の精たちに傅かれながら目を閉じて寛いでいる。繊細《せんさい》な彫刻が施された卓には色とりどりの花や果物が置かれ、室内は甘い香りに満ちていた。

「戻ったのか、琰儿」

宮の主に声をかけられ、足音が止まった。

「残念だったな、愛息子じゃなくて」

ぞっとするほど冷ややかな声に、天后が大きく目を見開く。

黒衣の裾をさばき、雨黒燕は仰々しく拝礼した。

「天后娘娘にお目にかかります」

「どうして、そなたが？」

天后の許しを得ないまま、雨黒燕は顔を上げた。

「無事に元の身体に戻ったのでご挨拶に参りました。……ああ、どなたかに被せられた濡れ衣も晴れたんでしたね」

「…………」

天后は眉を顰め、花の精を全員下がらせた。天族に聞かせるべき話ではないと勘付いたらしい。扉が閉まるや否や、これまでとは打って変わった険しい顔で雨黒燕を問い詰める。

「紅琰はどこにいる？」

もはや取り繕う気はないらしい。

雨黒燕は声を出さずに笑った。天后の前にすっと術で移動する。

「その前に、話をしましょう。お互い、本音で」

「そなたと話すことなどない」

にべもなく断られたが、雨黒燕は勝手に話し始めた。

「泰山の仙狐のひとりが、太子に例の毒を盛ったのは自分だと名乗り出たそうですね。驚きました。一介の仙狐が忍び込めるほど天の東宮が隙だらけとは」

「……」

事の顛末は冬柏から聞いている。

――泰山に仕えて間もない仙狐が、培始娘娘から仕事の不始末を叱られた腹いせに薬庫から胎崩丹《タイボンダン》を盗んで逃げた。東宮に忍び込み、その毒を太子に盛ったのも、すべて培始娘娘を陥れるためだったと。

供述を聞いた天帝はその場で仙狐を処刑し、それを知った碧霞元君は怒り心頭で泰山に帰った。無理もない。ありもしない毒を盗んだことにされ、ろくな審議もされないまま配下を処刑された泰山の面目は丸潰れだ。

「そんな取ってつけたような自供《じきょう》を信じた奴は目が節穴か、もしくは自分もグルなのか」

だが天后は表情ひとつ変えず、鼻先で笑った。

「信じようが信じまいが、上帝陛下が判断したからにはそういうことだ。此度の件について陛下はこれ以上追及せぬ。天の太子の実母に関わること故、下手なことは言わぬほうが〝兄上〟のためと琰儿もわかっていよう」

天宮側は裏付け調査をすることなく、哀れな仙狐を真犯人に仕立てることで調査を終わりにした。白綾で首をくくった、本物の〝紅雪塔〟とまったく同じだ。

「それはどうかな。魔王宮に差し向けられた女刺客、天帝は渡りに船と俺に罪を被せたが、あれは貴女の手の者だ。さすがの昼行燈《ひるあんどん》も、妻が本気で太子暗殺を目論んでたと知ったら」

「無礼者！　言葉が過ぎるぞ。証拠もなく天后を断罪するか」

「証拠は貴女が殺《け》したんでしょう。天帝はどうあれ、紅琰はすべてを知っている。あんたがしてきたことも、これからしようとしていたことも」

「…………っ」

初めて、天后の顔に動揺が見えた。予想はしていても、やはり愛息に悪行を知られた事実を突きつけられると、気持ちが揺らぐものらしい。

雨黒燕は冷ややかに彼女を見つめ、わざと煽るように言葉を継いだ。

「紅琰《妻》から聞きましたよ。貴女は、前天后に盛られた胎崩丹《タイボンダン》をすべて飲んだわけではない。薬湯から取り出し、保管しておいた毒を月季に飲ませたのだろう、と。後宮を掌握する天后なら、東宮に一服盛らせるくらいのことはできる。身勝手な望みのために前天后を罠に嵌め、その後も長々と回りくどいやり方で策謀を巡らせてきた。違いますか」

「前天后が罪を重ねていたのは事実だ！　私はそれを誅したまで」

「なるほど、ご自分は正しいことをした、と？」

　前天后を自滅させ、その地位を我が物とした百華仙子は、継子《月季》に対し優しさを示す一方で実の親との差を見せつけ、兄弟の不仲を煽った。意に反して息子が兄に太子の座を譲った時も落胆を表に出さず、婚姻後も孫の誕生を心待ちにする振りをしながら、水面下では悪辣な策略を巡らせていた。実に周到な女だ。

「だが残念だったな。貴女がいくら策を巡らそうが、思い通りにいくことばかりじゃない。月季が元に戻り、九天玄女が守りを固める東宮にもはや隙はない。俺を捕らえながら魔力を奪うには至らず、陰謀に気づいた紅琰のお陰で俺はこの通りピンピンしてる。神槍まで使ったというのに」

「お黙り！」

　天后は勢いよく肘掛椅子から立ち上がった。手を振り上げ、雨黒燕の頬を張る。

だが、慣れない武器を使ったせいで消耗しているのだろう、痛くも痒くもない。

怒りに震える天后を見下ろし、雨黒燕は蔑むように笑った。

「俺が死ねば息子が出戻るとでも思ったか？　状況が不利と見るや、適当な理由をでっちあげ、早々に幕引きを図ったんだろうが……天魔の太子を巻き込んで三界の安泰を脅かそうとした罪は重い」

天后は正面から雨黒燕の顔を見上げ、急に開き直ったように笑い出した。柱や床に至るまですべて白玉で造られた大広間に、甲高い笑い声が響く。

「魔族の妄言などだれが信じる。もうよい、早く答えよ。我が息子はどこにいる」

「………………」

天后に、自らの行いを顧《かえり》みる気はないらしい。

雨黒燕は溜息をつき、ずっと握り締めていたものを伝送する。すぐ脇にある卓上に現れたものを見た途端、天后は青ざめた。

「馬鹿な。花苞笄は常に主とともにあるはず……」

花苞笄を掴み、偽物ではないかと目を皿のようにして調べる。

本物だとわかった途端、彼女は鬼の形相で雨黒燕に詰め寄った。

「言え。我が息子をどこに隠した！」

「隠してなどいない。紅琰は神槍を撥ね返し、残ったわずかな霊力で俺を天界へと導いた。

そして俺を元の身体に戻すと同時に力尽きたんだ」

神槍の威力は凄まじく、紅琰の元神を砕くには十分だった。

雨黒燕が肉体に戻り、最初に見た光景は、花弁が散るように消えていく紅琰の姿だった。

あとに残ったのは、贈ったばかりの翻新《ファンシン》指環と、折れた花苞笄のみ。

雨黒燕がどれほどの絶望を味わい、血の涙を流したか。天后は知る由もないだろう。

「嘘を言うでない！」

天后が叫び、雨黒燕に掴みかかる。雨黒燕は取り乱した彼女の腕を掴み、引きはがした。

「嘘じゃない。紅琰の元神が砕け散るのをこの目で見た。貴女が放った神槍のせいで」

「そなたが死ぬはずだった！　種が天界にある以上、そなたが死ねば琰儿は帰ってくる。子を成せぬまま現太子が廃され、天帝の後継として本来いるべき場所に戻るはずだった！なのになぜ、おまえが生き、我が息子が死なねばならぬ！」

天后が泣き叫びながら床に崩れ落ちる。

雨黒燕を愛した以上、紅琰が死ぬことなく別れさせるには死別しかない。

おそらく、月季の結婚も、九天玄女が男神である事実を把握した上で、知らぬふりをしてきたのだろう。男同士なら後継が生まれる心配はない。だが、事実が露見し、天帝が千年の猶予《ゆうよ》を設けたことで事情が変わった。玄鳥の卵が功を奏し、東宮に後継をもたらせば太子の地位は紅琰に回ってこない。そうなる前になんとか月季を排除したかったのだ。

「紅琰は帝位など望んでいない。あなたが罪を重ねなければ、彼が死ぬことはなかった」

「煩い！　黙れ黙れ！　そなたが死ねばよかったのだ！　そなたが！」

植物の繁栄と豊穣を司る、慈悲深い花神。

天帝と並び立ち、皆に崇められる美しい天后。

そんな彼女がいま、呪いの言葉を吐きながら髪を掻き毟っている。

「馬鹿な……あり得ぬ……こんなことがあってはならぬ……」

「紅琰は俺の魂を救っただけではなく、自分の命をもって実母を悔い改めさせようとしていた。彼の意を汲んで、公に貴女を断罪することはしない。ただ、俺が岳母《がくぼ》として礼を尽くすのはここまでだ。紅琰はもう戻らない。生涯、己の罪を悔いて生きるんだな」

雨黒燕は黙って拝礼し、蘭鳳宮から姿を消した。


雨黒燕が向かった先は、百華王の庭だった。

金色に輝く牡丹の種が、いまにもはち切れそうなほど膨らんでいる。その前に立ち、雨黒燕は嵌めていた翻新指環を外した。

すべてを聞かされ、涙ぐむ冬柏に、短く告げる。

「冬柏、後を頼む」

神は、懐胎してから出産に至るまで、数年から数百年まで開きがある。いつ生まれるかわからないと紅琰からは聞いていた。

だが、先程の天后の言葉で悟った。紅琰を天界に縛り付けるため、彼女はあえて子らの誕生を遅らせている。天界の百草を統《す》べる花神ならば、そのような所業も不可能ではない。

「どうかお考え直しを……！　二殿下が貴方様の犠牲を望むとでも⁉」

「これは俺の判断だ。紅琰に伝える必要はない」

紅琰は命を賭して雨黒燕を守り抜き、天界まで連れ帰った。その恩に報いるだけだ。

渋る冬柏に結界を張らせ、雨黒燕は印を結んだ。天宮のだれにもこの行為を知られるわけにはいかない。

宙に浮かせた翻新指環《ファンシン》に指先を向け、慎重に魔力を注ぐ。指先から放たれた魔力は、まるで指環にろ過されるような形で金の牡丹に吸い込まれ始めた。

――大切な者たちを、取り戻してみせる。

やがて、金色の牡丹が妖しい光を放ち始めた。

「いけません‼　それ以上、修為を失えば貴方様も……‼」

「邪魔するな、黙って見ていろ……！」

紅琰の元神は、天界に戻ると同時に砕け散った。だが、それがすべてではない。百華王の庭に植えた金の牡丹もまた、紅琰の元神の一部から生る。もっとも、この一部分が欠けていなければ、こんなことにはなっていなかったかもしれないが。

——種を分離し、紅琰を再生させる。

可能なのかは、やってみるまでわからない。ただ、試す前に諦めるという選択肢はなかった。翻新指環は、どんなものでも一度だけ再生させることができる。

ただし、それには条件があった。

『術者は、再生に見合うだけの代償を払うことになる』

払う代償は、修復する対象に比例する。神ひとりを復活させるには、大きな代償を伴うだろう。寿命か、修為か、あるいは魔魂かもわからない。

それでも、紅琰を取り戻す可能性が一分でもあるのなら。

「修為をすべて失っても構わない……っ」

雨黒燕の身体から、凄まじい魔力が放出される。結界が破損し、庭園に咲く花々がなぎ倒され、花弁が嵐のように舞い散った。

「なぜそんな無茶を……あなたには待てるだけの時間があるでしょう！」

冬柏の悲痛な叫びが響き渡る。

彼が言う通りだ。愛に裏切られない限り、紅琰は死なない。元神が完全に消滅しなければ、紅琰はいずれまた転生してくるだろう。

しかし、それが何万年後か、あるいは何億年後かはわからない。ひとり待つには、あまりにも長すぎる。

「紅琰と……一緒に帰ると約束したんだ……」

魔王宮に、紅琰と子供たちを連れて帰る。

この薄汚い天宮には、転生してほしくない。

「！」

ふいに、翻新指環《ファンシン》が砕け散った。同時に牡丹の種が弾け、凄まじい光が放出される。

辺り一帯が金色に飲み込まれ、雨黒燕はそのまま気を失った――。


――どこからか、産声が聞こえる。

目蓋の裏にまで透けるほどの強い光に、雨黒燕は我に返った。

まぶしくてなにも見えない。立ち上がろうとして無様に倒れ込む。

「ここは……どこだ」

修為をほぼ失い、魔力ももうほとんど残っていない。

力の抜けた身体を叱咤し、雨黒燕はどうにか立ち上がった。光指す方向を振り仰ぐ。

まばゆい光の中に、紅琰が立っていた。

消滅したときの姿のまま、菩薩のように目蓋を伏せて。

「紅琰、また……会えたな……」

涙が勝手に溢れてくる。雨黒燕は光に向かって手を伸ばした。

赤子の泣き声が大きくなり、幾重にも重なっていく。

「紅琰」

呼びかけに応えるように、紅琰の目が大きく開いた。雨黒燕を見つけると、まるで花が咲いたように微笑み、いつも通りに呼びかける。

「燕儿」

雨黒燕は涙を拭い、よろよろと歩を進めた。

近づくにつれ、紅琰の頭上で輪になって宙に浮かんでいる五人の赤子が見えてくる。

さっきから泣き声を響かせていたのは、我が子たちだったのだ。

雨黒燕は泣き笑いのような顔で腕を広げ、愛しい家族を抱き締めた。

【日后談】


――魔王宮、東宮。

夜半過ぎ、寝所に入ってきた雨黒燕は疲労困憊だった。

「ようやく寝てくれた……もうお伽噺《とぎばなし》のネタがない……」

床帷をかき分け、牀の上に這い上がってくる。寝床で待っていた紅琰は、器用に左手だけで本を閉じ、傍らの机卓に放った。

「ご苦労だったたな、燕儿」

「なかなか会えないから、たまの夜くらいはな」

枕を背にした紅琰の隣に滑り込み、雨黒燕が膝に頭をのせてくる。手櫛で優しく髪を梳《す》いてやると猫のように目蓋を閉じ、心地よさそうにする姿が愛おしい。

「我らの子らはみな、父上《そなた》が大好きだからな。会えばついはしゃいでしまうのだ」

「俺を大好きなのは、子供たちだけか？」

「わざわざ言うまでもな……」

雨黒燕が素早く身を起こし、紅琰の唇に軽い接吻をする。まるで悪戯のような接吻だ。そのまま逃げて行こうとする彼を捕まえ、敷布の上に横たえる。動揺する男の顔を見下ろし、紅琰は舌なめずりした。熱を帯び始めた身体はやる気十分だ。厚みのある身体に馬乗りになり、左手で雨黒燕の身体を順に上から辿っていく。だが肝心な場所に届こうとした瞬間、雨黒燕ががばりと身を起こした。あっという間にふたりの位置が逆転する。

「……駄目だ。俺を縛るか、別の部屋で寝るか、選んでくれ」

——この状態で？

あられもなく息を乱し、寝衣もはだけた状態で、紅琰は笑った。

「受虐狂《ドM》なのか？」

「茶化すな。……まだ本調子じゃないんだろう」

紅琰の元神は再生されたものの、身体はまだ万全とはいえない。ことに神槍を撥ね返すときに千切れ飛んだ右腕は、再生こそされたものの、いまだ感覚がないままだ。元通り動かせるようになるには相当の年月を要するだろう。だが、右腕の一本くらい、どうとでもなる。雨黒燕には、これ以上の犠牲や我慢を強いたくない。

「死んで蘇った男だぞ。そなたが思うほど柔《やわ》ではない」

「死んでない。……死んだことになってるだけだ」

あの日、雨黒燕は修為の八割を失いながらも、生まれた子供たちと紅琰を密かに魔界へと連れ帰った。魔王太子が天界で不当に捕らわれたことは魔王の知るところとなり、紅琰の死をもって天と魔は再び没交渉となっている。真実を知る者は魔王の血族と冬柏、それに月季夫夫だけだ。

〝紅琰の元神消滅とともに金の牡丹は枯れ、五つの種も朽ちた〟――雨黒燕の指示通り、冬柏は天帝に嘘の奏上をした。天宮ではすでに弔いの儀が執り行われ、空の棺が天宮の霊堂に納められたらしい。抜け殻のようになった天后はいま、精華宮の庭園の世話をしながら、悔恨の日々を過ごしている。結果的に騙したことになってしまったが、致し方ない。

一方で、紅琰の死は魔界にも広められた。魔王の血族も、表向きはみな喪に服している。そして忌服《きぶく》の期間が明けた頃、雨黒燕は『紅琰そっくりの新妃と再婚』するだろう。そして『新しい逑《つれあい》』との間に生まれた五人の子供たちとともに、末永く幸せに暮らすのだ。

砕けた花苞笄は、形見として冬柏が譲り受け、密かに修復している。いずれは主である紅琰の許に戻るだろうが、この右手では使いこなせないだろう。

「なぁ、燕儿……あの夜の続きをしよう」

――この続きは、元の身体に戻ってからの楽しみに取っておくとしよう。

馬車の中で交わした密かな約束を、雨黒燕も覚えていたらしい。

「紅琰……！」

力強い腕が紅琰を抱き締める。

確かな鼓動と温もりが、心身に染み渡る。

紅琰もまた、広い背中に回した左腕に力を込めた。

呼吸のたびに盛り上がる筋肉質な胸は、薄い寝衣越しだとよりわかりやすい。鳩尾《みぞおち》の下、寝衣の前が力強く隆起しているのを感じる。こんなにも欲情しているくせに、別の部屋で寝るなんてよく言ったものだ。

「どうした、燕儿……また私から、閨房指南をされたいのか……？」

動かない男に焦れ、脚で相手の下肢を挟み込む。寝衣の裾が大きくはだけ、長い脚が露出した。

「まさか。紅琰の身体に、負担をかけたくないだけだ」

雨黒燕が笑い、再び唇を重ねてくる。望んでいた深い口接けに、紅琰はくぐもった声を漏らした。互いに舌を絡め合い、呼吸が熱く、荒くなっていく。

「ん……っ」

帯が解かれ、這いこんできた手に胸筋を揉みしだかれる。いやらしい手つきに触発され、紅琰もまた雨黒燕の下肢に手を伸ばした。手探りで相手の寝衣の腰紐を解き、雄々しく勃ち上がる男性器に触れる。さきほどから腹に押し当てられていたそれは、まるで灼熱の棒のように熱く、固い。握り込むと、雨黒燕が息を詰めるのがわかった。

「う、……っ」

悩ましい男の声に、微かな優越感を覚える。だが次の瞬間、紅琰は大きく身を震わせた。しばらくぶりのせいか、思った以上に身体が過敏になっているらしい。乳頭を指で軽く転がされただけなのに、まるで電流でも流されたように全身に力が入る。

「燕、燕儿、や……」

「自分から誘っておいて、イヤとは言わないだろう？」

先程のしおらしい態度はどこへやら、余裕の笑みで胸に口接ける男が小憎らしい。

「はっぁ……っ」

硬く凝った尖《とが》りを舌先で押し潰される。唾液を塗りつけるように乳輪を舐め回され、音を立てて吸い付かれた。それだけであられもない声を上げてしまいそうで、紅琰は強く奥歯を噛み締める。だが、少しの刺激でも大袈裟なほど反応してしまう身体は隠しようがない。片方の手で脇腹を撫で上げられ、背中がぐぅっと浮き上がる。

乳輪の外側にうっすら赤い歯形を残し、雨黒燕が顔を上げた。

「ああ……以前より、感じやすくなってるのか」

「……っ」

言葉で辱めて感じさせるやり方を教えたのは紅琰自身だ。目許を赤く染め、なにも言わない紅琰に、雨黒燕はにやりと笑った。反対側の胸にも唇を這わせ始める。周りから円を描くように舌を這わせ、わざと焦らしてから中心を啄《ついば》む。

どこをどうすれば感じるか、知り尽くした男の愛撫は的確で無駄がない。啜られては甘噛みされ、むず痒いような快感が腹の奥から込み上げてくる。

「ぅ、ん」

女のように豊かなふくらみも柔らかさもない男の胸を、雨黒燕はいたく気に入っているらしい。乳首を執拗に舐めしゃぶりながら、胸筋の弾むような感触を愉しんでいる。ただ、いつもは指の痕がつくほど揉みしだくくせに、今日は違った。指環によって再生された造形を確認するかのように丁寧に触れてくる。焦らされているようでもどかしい。

先程、たっぷりと唾液で濡らされた乳首が外気で冷え、痛いほど凝っていた。もっと強く、もっと違うところにも刺激が欲しい。

「燕儿……」

「うん？」

雨黒燕がわずかに顔を上げ、上目遣いで表情を窺った。わずかに覗いた舌先と、真っ赤に濡れた粒の間を透明な糸が繋いでいる。淫猥なその光景を目にした瞬間、脳が煮え滾《たぎ》った。寒くもないのに鳥肌がたち、身体から力が抜けてしまう。

「どうした？」

紅琰は左手を伸ばし、雨黒燕の頭を抱え込んだ。うずうずと腰を蠢かせ、雨黒燕の身体に擦り付けて訴える。

「そこはもう、いい……から」

——違う場所に触れてほしい。

ふ、と溜息のような笑いを漏らし、雨黒燕が上体を起こした。終いまで言わずとも、紅琰の要求は伝わったらしい。腰に纏わりつくだけの衣を脱がせ、無造作《むぞうさ》に床に放る。

四肢を投げ出したまま、紅琰は胸を喘がせながら彼を眺めた。たったこれだけの前戯で、みっともないほど前が張り詰め、先走りが脚の間にまで伝っている。

雨黒燕のことが好きでたまらない。いますぐに彼が欲しい。

「そんな目で見るな、紅琰」

雨黒燕がにやりと笑った。紅琰の脚を大きく開かせ、その間に顔を埋める。

「望み通り、全身たっぷり可愛がってやる」

「っあ……は……っ！」

屹立に熱い息を吹きかけられ、紅琰は溜息のような喘ぎを漏らした。白い腿の内側のきわどい箇所に唇を押し当てられる。触れた場所から快感が波紋を広げ、震えが止まらない。痕がつくほど吸い上げられ、背中が弓のように撓《しな》った。

「天牢でも人界でも、紅琰に奉仕して貰ったからな。今夜はすべて俺がしてやる」

「あ！」

男の最も敏感な部分を、濡れた粘膜に押し包まれる。尖らせた舌先で先端を抉《えぐ》られ、頬を窄めて茎を扱かれる。根元から先端までを舐め上げられ、紅琰は上擦った声を漏らした。

「は……ぁ、っ……燕儿……っ！」

甘い快感に、ぞくぞくと震えが止まらない。舌先がまるで生き物のように動き、紅琰自身に絡みついて巧みに追い上げてくる。亀頭部を口に含んだまま、指の輪で根元から扱かれ、鈴口から濃い蜜が溢れ出た。じゅる、と音を立てて啜られる。

「……甘いな……まるで、花の蜜だ」

熱い息をつき、雨黒燕が笑った。湧き出た蜜が男の顎にまで伝い、ぬらぬらと光っている。張り詰めた自身の淫らな色合いも相まって、とてつもなくいやらしい。忙しなく胸を喘がせながら、紅琰は力の入らない手を雨黒燕に伸ばした。

「燕儿……もう……」

「まだだ。俺に身を任せて、そなたはただ感じていればいい」

紅琰の手を押し退け、再び脚の間に顔を伏せる。より深く咥えられ、紅琰は息を呑んだ。強すぎる快感から逃れようと身を捩るも、片腕で押さえ込まれる。口に出し入れする様を、わざと見せつけるようにして視線を合わせてくるところも質が悪い。

「雨黒燕っ……！」

「速やかならんと欲すれば則《すなわ》ち達せず――そう教えたのは紅琰先生ではなかったか？」

硬く寄り上がる春袋を指で弄びながら、雨黒燕が嘯《うそぶ》いた。前戯は兵法のごとく、急がば回れと教えを授けた記憶はうっすらあるが、いまは焦らされるほうがつらい。

「……口淫では陰陽の気が巡回しない、と教えたはずだが……」

「ああ、たしかに……いまは紅琰先生の気を養わねばな」

前を弄んでいた指先がつと脚の間を通り、後孔に触れた。途端にそこがきゅんと窄《すぼ》まり、雨黒燕の指先にしゃぶりつく。

「なるほど、準備万端なわけか」

「……っ」

香油を使うまでもない。零れた蜜ですでにそこはぐしょぐしょだった。濡れた肉のあわいに指先を沈められ、ゆっくりと抜き挿しされる。中の粘膜が男の指に纏いつき、淫らな音を響かせ始めるのに時間はかからなかった。

「初めての講義を思い出すな、紅琰先生?」

肉襞の締め付けを指で味わいつつ、雨黒燕が口淫を再開する。昔、閨房指南で悪乗りし、天界の无花果《いちじく》に指を入れさせたことをいまだに覚えているらしい。

亀頭部を口に含まれた状態で、中を掻き混ぜられる。敏感な箇所を指先で押され、紅琰は思わず腰を浮かせた。

「ふ、っ……っう……燕儿……っ」

腹の上で性器が大きく震え、先端からとろとろと蜜を滴らせる。気持ちいい。けれど物足りない。もっと熱く太いモノで抉られたくて、紅琰は身悶《みもだ》えた。

「燕儿……早く……っ」

ひとつに溶けあい、めくるめく瞬間をわかち合いたい。

抑えが利かなくなるほど、この男を燃え上がらせたい。

物欲しげな声に、ようやく雨黒燕が性器を吐き出した。上体を起こし、手の甲で濡れた口許をぐいと拭う。

「煽るんじゃない。怪我人相手に、抑えが利かなくなったらどうする」

寝衣を脱ぎ捨てる雨黒燕も昂奮している。美しい裸体を見上げ、紅琰は目を細めた。

――ああ……。

人間だったときの彼の身体には折檻の痕や戦場の傷痕がそこかしこに刻まれていた。しかし、目の前にある均整の取れた美しい肉体には、当然ながら傷ひとつない。いや、正確にはひとつだけ――天牢で紅琰がつけた噛み跡が、うっすらと残っている。

紅琰は手を伸ばし、男の盛り上がった肩にそっと触れた。誓いの噛み痕を指で辿る。

「この痕を目印に、そなたを見つけた」

人界に下りた雨黒燕を見つけるまで、生きた心地がしなかった。焦りと恋しさに狂いそうになりながら、一日一日を過ごしたのだ。

「言った通りになっただろう？　どこに生まれ、なにもかも忘れても、俺はきっと紅琰を愛する、と」

「一死七生……」

何度生まれ変わっても、自分たちは出会い、愛し合う。

噛み痕をなぞった指が胸を撫で、鳩尾から下へと移動する。そそり立つ陰茎《いんけい》を握り、自らの足の間へと導いた。太く張り出した先端を、ひくつく後孔にぬるぬると擦り付ける。

雨黒燕の喉仏が大きく上下した。

「抑える必要などない。ずっと、そなたが欲しかった」

荒っぽい手つきで腰骨をわし掴まれる。竿の中ほどまで突き入れられ、紅琰は声を上げてのけ反った。

「あぁ……っ」

久しぶりに味わう男の質量に、下腹部が痙攣する。長い空白を埋めようと、肉襞が貪欲に雨黒燕に絡みつくのが自分でもわかる。

目許を欲望の色に染め、雨黒燕が唸るように囁いた。

「優しく抱くつもりだったのに。手加減できないぞ、いいんだな?」

溺れるように息をしながら、紅琰は頷いた。

「……いいから、……来い」

言い終わらぬうちに腰を引かれ、根元まで押し込まれる。紅琰は短く息を呑んだ。奥まで満たされ、脳髄がビリビリと甘く痺れる。そのまま断続的に突き上げられ、掠れた声が上がった。

「はっ、ぁ、ン……ッ」

弱いところを幾度も擦り上げられ、腰が浮き上がる。九浅一深の抽挿が、いまはひどくもどかしい。溺れるように息をしながら左腕を伸ばし、雨黒燕の肩に縋りつく。

「燕儿、……燕儿、もっと……」

もっと深く、もっと激しく突き上げられたくてたまらない。長い脚で雨黒燕の腰を挟み込み、引き寄せようともがく。恥じらいや体面さえも気にしている余裕はなかった。自分がどれほど雨黒燕を求めていたか、改めて思い知らされる。

「もっと……どうされたい?」

わかっているくせに、聞きたがるのは男の悪い癖だ。美しい貌の下にある、獣のような雄の本性を見たい。ゆっくり丁寧に愛さなくていい。むしろ乱暴なくらい、強く抱いてほしい。

「……犯されたい」

とろりと潤んだ目で男を見上げ、腰に絡めた足に力を込める。促すように腰をくねらせると、雨黒燕の顔が不穏《ふおん》に歪んだ。小さく悪態《あくたい》をつき、断続的に強く腰を送り込む。

「望み通り……たっぷりと、犯してやる……っ」

気持ちいい箇所を擦り上げられ、電流のような快感が背筋を駆けあがる。雄を咥え込んだ場所がひくひく震え、痙攣が止まらない。揺さぶられるたびに勃ちきった性器から蜜が溢れ、肌を伝って敷布に染みを広げていく。

「あっ……あっ！　はぁ……っ」

　硬く凝った乳頭を強く摘まれ、ビクンと震える。中が締まり、雨黒燕がわずかに口端を上げた。敏感になりすぎて痛みすら感じる乳首を爪で弾かれ、抓られる。二か所からの刺激に狂おしいほど感じてしまう。

　――イキたい。

　どうしようもなく欲望が込み上げてくる。紅琰は夢中で左手を下肢へと伸ばした。抽《ちゅう》迭《てつ》でも絶頂には至れるが、男として明確な快感を得るには前への刺激が手っ取り早い。一度出してしまえば、狂ったような餓《う》えも少しは宥められるだろう。

　だが、すぐに雨黒燕に気づかれ、左手を掴まれて引き離された。

「紅琰、俺がしてやると言っただろう」

「あぁ……っ」

　いまにもはち切れそうな性器を掴み取られる。律動に合わせて擦り上げられ、紅琰は腰をびくつかせた。主導権を完全に明け渡した状態で、文字通り犯される。与えられる快感に身を捩り、中にいる男を締め付けることしかできない。この身体はもう、雨黒燕なしではいられない。

「……紅琰、紅琰……っ」

　雨黒燕が上擦った声で呼びながら、深く浅く腰を入れてくる。汗ばんだ肌を打つ音が閨

に響き、紅琰は掠れた声を上げ続けた。

猛々しい腰遣いで腹の中を混ぜられ、接合部から泡立つような濡れ音が聞こえてくる。前を刺激されるたびに中が締まり、紅琰はガクガクと腰を震わせた。

「燕儿……っあ……もう……っ」

甘く蕩けた肉襞を味わうように腰を回され、そのまま絶頂へと追い立てられる。紅琰はうっとりと目蓋を閉じ、駆け上がってくる射精感に身を委ねた。

「……クる……っ！」

最奥まで打ち込まれ、頭の中が白く焼ける。紅琰は全身を強張らせ、精を放った。

「っ、ぅ……っ」

小さな呻きとともに熱い体液が腹の奥に叩きつけられる。若い男の種液はどろりと濃く、射精もなかなか終わらない。

（ぁ……熱い……）

この、中に注がれるときの脈動を感じる瞬間が、紅琰は嫌いではない。果てる男の顔を陶然と見上げ、白濁に濡れた自身の下腹部に掌を当てる。

「は、――……っ」

雨黒燕が緩慢な動きで腰を引いた。抜き取られる瞬間、薄く伸びた粘膜の隙間から白濁がごぽりと溢れる。双丘の狭間を伝うその量の多さに、紅琰は密かな愉悦を味わう。自分を求めていた証のように感じるからだろう。

紅琰は埋火《うずみび》が燻る身体で寝返りを打ち、脱ぎ散らかした内衣に手を伸ばした。気づいた雨黒燕がすぐに止める。

「そのままでいい」

まだ余韻《よいん》を楽しみたいようだ。横向きに身を横たえたまま、背後から抱き締められる。

肩や首筋に音を立てて接吻を降らせながら、雨黒燕がうっとりと囁いた。

「俺の好きな匂いがする……紅琰の香りだ」

紅琰の首筋に顔を埋め、濃く浮かび上がる牡丹の痣に鼻先を寄せてくる。馥郁《ふくいく》たる花の香りを楽しむように、紅琰の匂いを嗅ぐのが癖になっているらしい。

「枕元に活けてあるからだろ」

「いいや、そなたの身体から香るのだ。紅琰の香りを他と間違えるはずはない」

匂いと記憶は密接に結びついている、という話を、どこかで聞いたことがある。歴劫中の雨黒燕も、牡丹の香りには惹きつけられていたし、あながち間違いではなさそうだ。

「ならば来世も、匂いを頼りに私を見つけられるな」

「任せろ」

肩越しに顔を摺り寄せ、もう一度、唇を重ね合わせる。まだ硬い雄を腰に押し付けられ、紅琰は喉を鳴らした。

「ん……」

紅琰を抱き締めていた手が解け、胸元から腰のあたりをまさぐり始める。一度燃え上がってしまった火は、一度の交わりでは収まりそうもない。

すぐにまた、衣擦《きぬず》れの音に、あえかな喘ぎが交じり始める。

花器に活けられた深紅の牡丹が、はらりと一枚の花弁を散らした――。

（了）

参考文献：
「宦官　側近政治の構造」（中公新書）三田村泰助
「古代中国の24時間　秦漢時代の衣食住から性愛まで」（中公新書）柿沼陽平
「中国古典の名著50冊が1冊でざっと学べる」（KADOKAWA）寺師貴憲
「詩経・楚辞　ビギナーズ・クラシックス　中国の古典」（角川ソフィア文庫）牧角悦子より
『静女』書き下し文を引用

■あとがき■

こんにちは、砂床《さとこ》あいです。

日式中華料理第三弾のお買い上げ誠にありがとうございます。

本作は『百華王の閨房指南《けいぼうしなん》』の続編となっております。ただ、時間軸では番外編である『傲嬌《ツンデレ》太子と愛のない婚姻』の直後でして…単品でももちろんお楽しみいただけますが、三冊セットでお読みいただくと、より深く味わえます、な仕様です。プロット作成時は続編が二冊になる予定でしたが、執筆中に担当さんが変わったり、世知辛い大人の事情も絡みまして、一冊にギュッと凝縮されました。濃厚になった二人のプレイを、お楽しみいただければ幸いです。

さて、今回は中華神仙モノなら一度は出てくる『歴劫《りゃっこう》』ですよ。わかりやすく例えると、本社勤務の社員が何年か出向し、戻ってきたら役がついて出世する、みたいなシステム（人界転生）です。もっとも本作の雨黒燕は魔族なので、トラブって地方に飛ばされ、ほとぼり冷めたら元の部署に戻って来いみたいな感じでしょうか。出向先の蜀黍国《しょくしょこく》ですが、中国は古の時代に唐《もろこし》の国と呼ばれていたため、もろこし繋がりで蜀黍（もろこし）になりました。こちらもファンタジーの法則で、文化と時代がほどよくシャッフルされております。

あと大殿下、馬車に乗るんかーい！　というツッコミ、ごもっともでございます。担当様とも議論したのですが、普通ならかっこよく馬に乗りますよね！　でも二人をいちゃつかせないといけないんですよ、ＢＬだから。え、馬でも前に乗せれば馬上プレイができる？　仰《おっしゃ》る通り！　春画のような馬上プレイちょっと書いてみたかった！　でも罪人の護送で宦官と二尻はさすがにどうか…。その上、身長百九十弱の筋肉ムチムチな二人を乗せて、潰れることなく冬の山越えができる馬って、もはや某世紀末覇者が乗ってる黒い馬くらいしか…。だったらもう馬車でよくないですか、ほら、一昔前にはカノジョとエロいことしたい下心からワゴン車を買う男性いたでしょ？　ということで許してください。ごめんなさい。ちなみにサラブレッドは長距離移動と寒さに弱いから論外です。

そして小月季、これも中華あるあるの幼児化ネタですね。本来なら主人公のどちらかが幼児化するのが定番ですが、本作では児ポ法にひっかかりそうなので自粛《じしゅく》しました。設定上は何千歳とか何万歳のレベルでクリアしていますが、絵面的にはコンプラ違反ですから仕方なし。本作品は法令をきっちり遵守《じゅんしゅ》しております。

最終巻なので、この機会をお借りして懺悔《ざんげ》します。主人公ＣＰの子供がなかなか誕生しないのは花神のせいということになってますが、現実には作者のせいです。五人分も名前を考えるのがきつかったから…ごめんな雨黒燕《ユーヘイイエン》…ついでに『白雪塔』は中国原産の白牡丹です。もう本当に名前とかタイトルを考えるのが苦手で、キャラと呼び名を増やさないため毎回頑張っています。話が逸れますが、実は私の本名も、親が神社でつけてもらったものということを最近知りまして、おそらく名づけが苦手なのは血筋ではないかと腑に落ちた次第です。


本作でお世話になった方々にお礼を申し上げます。

まずは素晴らしいイラストを描いてくださったホン・トク先生。作画カロリー高めな中華モノを二冊に渡ってご担当いただき、キャラの筋肉美と中華ファンタジー衣装の煌《きら》びやかさを余すところなく表現してくださいました。頂いた絵はどれも私の宝物です。本当にありがとうございました。

本作のシリーズ化をご提案くださいました前担当編集O様。本当にお世話になり、ありがとうございました。新(仮?)担当編集F様、予定より三か月遅れつつも、なんとかこの本を出すことができるのはF様のお陰です。心よりお礼を申し上げます。

そして一番の感謝は読者様に。ここまで読んでいただき、ありがとうございました。ふたりの結末はお気に召したでしょうか。

今回はわかりやすく相関図もつけていただき、ますますドラマっぽい仕上がりになってホクホクしていたのですが、私の中華料理は三皿目でごちそうさま、でございます。「物足りないくらいがちょうどいい」と言いますから、私的には、ここで筆を擱《お》くのが「ちょうどいい」のかもしれません。

もしよろしければ、ご感想などお聞かせくださると嬉しいです。海外の読者様も、言葉の壁とか翻訳アプリで飛び越えますし、心配なさらずとも充分に伝わりますので、よかったらぜひ、編集部までご感想をお送りくださいませ。

それでは、どこかでまたお会い出来れば嬉しいです。

２０２５年１月砂床あい

初出
「百華王の人界降臨」書き下ろし

CHOCOLAT BUNKO

この本を読んでのご意見、ご感想をお寄せ下さい。
作者への手紙もお待ちしております。

あて先
〒171-0014東京都豊島区池袋2-41-6
第一シャンボールビル 7階
（株）心交社 ショコラ編集部

百華王の人界降臨

2025年4月20日 第1刷

著 者：砂床あい
発行者：林 高弘
発行所：株式会社 心交社
〒171-0014 東京都豊島区池袋2-41-6
第一シャンボールビル 7階
（編集）03-3980-6337 （営業）03-3959-6169
http://www.chocolat_novels.com/
印刷所：TOPPANクロレ株式会社

CHOCOLAT BUNKO

好評発売中！

本番、5秒前

砂床あい　イラスト・Ciel

真面目で隙の無いメインキャスター・戸倉のせいで、キャスターを務める番組で喋ることができないアイドルの琉生。ある日彼に詰め寄ると、いきなり「脱げ」と言われ初めての枕営業を覚悟する。しかし彼は琉生のトレーニング不足を指摘し帰ろうとしてしまう。すっかりその気になっていた琉生は「抱いてください」と懇願し戸倉に抱かれるが…。

センチネルバース 水底の虹

安西リカ　イラスト・松基羊

警官の吉積は火災現場で高校の先輩・蓮と七年ぶりに再会。蓮は目に見えないはずの火事の手がかり伝えて去り、直後に吉積は蓮が所属する特殊部鑑識課に配属された。蓮は感覚が異常に鋭敏な〈センチネル〉で、吉積は彼をサポートする〈ガイド〉に選ばれたのだ。不思議なほど任務に熱心な蓮は、能力向上のためにセックスしようと言い出し——。